存在の冒険

存在の冒険

——ボードレールの詩学

小林康夫

水声社

人間は時には「生そのものよりも」冒険的でさえある。生とは、ここでは真に存在している存在者、すなわち自然の意味である。人間は時には冒険よりも冒険的であり、存在者の存在よりも存在的なのである。しかし、存在は存在者の根拠である。根拠よりも冒険的である人間は、一切の根拠が欠けているところ、すなわち、深淵の中へと冒険してゆくのである。

ハイデガー「乏しき時代の詩人」

目次

序

これは、ボードレールの詩および詩人としての彼の営為を、〈存在〉という観点から読もうとする試論である。

もとより〈存在〉という言葉は、ある意味では、誰にとってもあまりに自明なものでありながら、しかしそれを定義したり、解説したりすることなど到底できそうではない。存在に対する暗黙の了解の上に立たずには、定義そのものすらが可能ではないからである。このようなアポリアに根ざした〈存在〉という言葉にまつわる曖昧さは、この試論の全体にわたって見出されるだろう。ここでは、この曖昧さを解明することは、ほとんど試みられない。

実際、ハイデガーによってかくも精緻に定義された存在と存在者、あるいは存在的と存在論的といった述語的区別は、ここではまったく問題にされてはいない。それというのも、直接的に存在の意味を問うことが問題ではなく、むしろなによりもまず一人の詩人の作品のなかに、その詩人固有の仕方で問われている存在の意味の問いを見出すこと。そして、その問いを身をもって生きたその詩人の生の輪郭をデッサンすること、それが問題だからである。イマージュを通して、あるいは言葉そのものを通して、現代の詩は常にその最先端、その最深部においては存在に向かって問いを発し、存在を見詰めようとし、存在を生き、そして無言の裡にも「存在の冒険」を企て続けていたように思われる。そして、ボードレールの作品こそは、そうした冒険の紛れもない嚆矢であり、またもっとも熾烈な存在が展開された場のひとつであるだろう。われわれは、この〈存在〉という次元において、すなわち「意識」や「心理」よりはもう少し深い次元において、ボードレールの詩をわれわれの方に向かって読んでみたいと思う。そして、それはおそらく詩の中で言われていることだけではなく、詩そのものを成り立たしめている見えない原理、見えない力について探求することになるだろう。ひとつひとつの詩が生み出されてくる知的冒険のいわば存在論的な構造と、その構造の変容を通して、詩人の生の全体的な在り様を剔抉すること。そしてそこに現代文化の根源的な諸問題を重ね合わせること。それがわれわれの読みの方向である。

とすれば、ここではボードレールとともに、われわれ自身もまた同じ存在の問いのなかに身を置き、同じ冒険に身を委ねなければならないであろう。それこそが、詩人とわれわれとの唯一の正当な結びつきにほかならないのである。

第1章

　ボードレールの詩、その汲み尽くしがたい魅惑の一切は、ひとつひとつの詩に深く刻み込まれた本質的な傷から発している。本質的であるというのは、それがボードレールという存在の一部分を苛んでいるような傷ではなく、むしろ、この傷こそが彼の存在、彼の生を、その傷口の暗黒に宙吊りにしているからであり、また、この傷こそが、彼の詩にいまだに少しも褪せることのない現代性[1]（modernité）を刻印しているからである。

　われわれにとって、ボードレールを読むとは、おそらく悪魔主義（サタニスム）や寓意（アレゴリー）といった、あるいは古典的に過ぎるかもしれないその様々の衣装の奥に、ぽっかりと口を開けているこの傷の昏（くら）さに、まさしく身をもって触れること以外のなにものでもないだろう。そして、そのときにこそ、われわれはそれまで読み過ごしていた何気ない詩句が、突然、われわれの肉体の裡に甦る——切実な痛みとともに、美しく甦るのを感じはしないだろうか。この本質的な傷において、言葉は詩としての肉をとるのであり、そのためにボードレールの詩はすべてこの暗い中心、ほとんど中心の不在そのものであるようなこの傷に向かって、その意味＝方向（sens）を迸らせているように思われる。それというのも、この傷こそが、その傷口の深淵において、また肉を引き裂き、傷口を産み出す二重の、両義的な運動において、少なくとも詩を通して窺われる詩人ボードレールの存在の有り様を、はっきりと示しているからである。実際、ある詩篇のなかで、彼は、「血がどくどくと流れ出す[2]」のが感じられるのに、「躰のどこに触っても、傷口が見つからない[3]」という奇妙な、恐るべき感覚を訴えている。ただ外側から読んでいる限りは、奇を衒っただけのレトリックにすぎないと思われるこうした表現こそ、もしそれが存在のレトリックとして読み解かれるならば、ボードレールの根底的な存在経験を、赤裸々に伝えているものなのだ。躰のどこかに傷口があるはずもない。ここでは、そして彼の詩の至るところで、彼の存在そのものが「血の泉[4]（La fontaine de sang）」、暗黒の深淵から、「都市を横切り[5]」、「自然を深紅に染めて[6]」、世界の方へ、刻々と流れ続ける血を噴きあげている生ける噴水、全体的な傷と化しているのだ。そうでなければ、この詩の存在の救済を願う激しさも、またその絶望の深さも決して理解されはしないだろう。この場合にも、また「われとわが身を罰するもの[7]（L' Héautontimorouménos）」などの場合にも、傷（blessure / plaie）という言葉は、物理的な、あるいは心理的な次元を超えて、常に存在の全体に係わっている。全体的な傷である存在――それは「生きることは一つの痛み[8]（Mal）！」と彼が語るときの痛みであり、「救いがたいもの（L'Irrémédiable）」として歌われた「悪（Mal）のなかの意識[9]！」の悪であり、そして、ほとんど彼の宿命にまでなっている不治の病（mal）、存在の病なのである[10]。

そこで僕はお前に答えた。「よし、優しい声よ！」と。
そのときからだ、
人が僕の傷と呼び、僕の宿命と呼ぶものが、ああ、
始まったのは[11]……………………。

この詩のなかで、ボードレールは、彼の宿命的な傷の出現を、ふたつの声――現実世界の謳歌の声と、「可能の岸の彼方、既知の世界の彼方[12]」への旅への呼びかけ――のあいだで為された、彼自身による本質的な選択に帰せしめている。すなわち、傷というこの存在の病は、彼方への夢の代償として彼に与えられ、彼によって引き受けられたものである。この宿命的な契約は、ここでは、「暗いバベルの塔[13]」である無数の書物、無数の言葉を背景として、揺籃に乗せられた幼児ボードレールによって結ばれる。それは、例えばサルトルが語っている、ボードレールの世界との不調和の経験、彼のいわゆる「ひび[14]（fêlure）」が始まる時期、彼がその孤独な個人的実存を「自分の責任で取り上げよう[15]」と望み、「自分を他者にする[16]」という本質的な選択をする時期、その一八二八年十一月[17]という日付を遥かに幼少の方へ遡って設定されている。しかし、確かにこのときに、それまで

彼の「偶像、また友人[18]」であり、彼の全宇宙であった母親との、彼女の再婚による、分離の事実が見出され、そこから生じた独特な複合意識（complexe）が、彼の生涯にわたって決定的な影響を及ぼしているように思われるのだとしても、この「声」という詩が語っている本質的な選択を、そうした七歳の子供の心の「ひび」に、性急に還元してしまう必要はないだろうし、まして、そこに彼の詩的な虚飾や韜晦を読むべきではあるまい。おそらく、本質的な選択とは、生涯のある時期に一度為されるやいなや、その後の人生に、不変の効力を発し続けるというようなものではなく、人は、その人生の各瞬間ごとに繰り返しくりかえし、新たに自分を選び直すのであり、そうして出生から現在までの己のすべてを携えて、自分にとっての本質的な自分になろうとするのだ。この詩のなかで、ボードレールは存在を超越し、存在の彼方を目指す運動と、そしてそれと不可分であるような傷としての存在を引き受けること、この一種悪循環を成している二重性のもとに留まろうとする自分を示している。そして、なによりもこの宿命は、「バベルの塔」として仄めかされている無数の言葉の最中で選び取られているのであり、彼は、ここで、詩人としての己を選択している、あるいは選択し直しているのだといえるだろう。傷といい、彼方の情景といい、これらは詩を書くことと切り離されたところで引き受けられているのではない。むしろ、詩こそが、これらの真生な舞台なのであり、詩を通してこそ、これらの相互的な、両義的な運動が明るみに出されるのだ。詩は、言葉は、彼にとっては自己の実存の救済の一方途でもあり、また同時に、それによって一層傷を開げている存在の深淵を見詰めさせ、その救済を挫折させてしまうものでもある。ボードレール自身の言葉を借りれば、彼の詩は、「悪」と「美」[19]のあいだの不断の揺れ動き、「悪のなかでの精神の動揺[20]」として織り成されているのだ。他の「著名な詩人たちが詩の領土のもっとも花咲き乱れた地方をすでに分有してしまっていた[21]」からにせよ、そうでないにせよ、彼は詩というものを〈悪〉のなかに、存在の病のなかに根づかせた。ラマルチーヌの「天国」、ユゴーの「地上」、あるいはミュッセの「情熱と眼の眩めく饗宴」といった他の土地の肥沃さ[22]に較べれば、彼が選び取ったのは、「砂漠」にも似た貧しい荒地でしかなかった。この不毛を謳って、彼は言う――「いまや僕は触れた、思想の秋に[23]」。

思想（Les idées）、すなわち存在を完全に超越してしまっている観念、その豊かさ、その偉大さはもはや彼のものではないのだ。それというのも、どれほど崇高であろうが、どれほど華麗であろうが、己の存在から隔絶している超越者や観念は、無意味な、莫迦気たものでしかないからだ。それゆえに、彼は偉人を愚弄し[24]、様々な観念、とりわけ当時猛威を振るっていた「進歩」のそれを罵倒する[25]。だが、彼がそれらに対置して差し出すことができるのは、決して超越しきれない己の存在の傷、己の生の痛みだけでしかないだろう。そこで彼に残された唯一の態度は、徹底した皮肉（イロニー）の刃を世界に向けること。しかも他方では、己の存在から出発して、新たな超越を試みることなのである。痩せた、貧相な土地であるとはいえ、その底しれぬ深みに、その「暗黒と忘却とのただなかに[26]」埋められて、「秘密のように快い馨りを放つ[27]」幾千もの花々が眠っていないとも限るまい。そこが荒地だからこそ、彼は一層、無数の「新奇な花々[28]」を夢みて、この「知られざる土地[29]（Terrae incognitae)」を耕すのだ。それと同様に、彼は存在の痛みを担うことのない、単に壮大なだけの超越的存在を唾棄はしたが、かといって超越そのものを放棄したわけではない。それどころか、彼ほど、存在から逃れ去り、それを超えることを切実に願った者もいないだろう。「この世の外へなら何処へでも[30]（Anywhere out of the world)」――人生の最期まで、彼は、こう叫び続けてやまなかった。しかし、激烈な願望は、その激烈さえ故に、必ずや蹉跌を踏ませられるだろう。彼方への超越を彼が希求すればするほど、彼は、深淵と化した己の存在の方へ、送り返されてしまうのだ。「眼は天を見詰めたまま穴に落ち込むようになったのは[31]」、詩人として己を選んだあの本質的な選択のときからなのだと、と先に述べた「声」のなかで彼は言っている。この惨めな姿、これが詩人ボードレールの真実の姿なのだ。彼が抗い難い運命によって選び取らされた詩人とは、おそらく彼が望んでいた「太陽[32]（Le Soleil)」のような、「雲雀」のような「人生の上を滑翔し」、「大空を自由気ままに飛び翔る[33]」超越的な存在である詩人とは、まったく異なってしまっていた。もし、それでもなお詩人が鳥であるとしても、それは飛べない鳥、あの「白鳥（Le Cygne)」という詩が鮮やかに示してくれている、「でこぼこの地面の上に白い翼を引きずって[34]」、からからに乾いた朝のカルーゼル広場を、埃にまみれてよたよたと歩き、そして雨を求めて時折、

　皮肉な空、残酷なまでに青く晴れた空の方へと
　あたかも神に非難の言葉を浴びせかけるかのように！

痙攣する顎の上で渇えに喘ぐその頭を伸す[35]……。

そのような「不幸な鳥」でしかないだろう。だから、「火箭」の冒頭に、彼が「たとえ神が存在しないとしても、「宗教」は依然として神聖であり、「神的」であるだろう[36]」と書きつけるとき、彼は同時に己の根本的な有り様についても語っているのである。神なき宗教、すなわち、超越者なき超越――これこそ、彼が生涯をかけて解決しようとした中心的問題であり、彼の詩の生成の原理、そしてその尽きせぬ現代性の源泉なのである。このときから、詩は、まさしく存在の定義そのものでもある「内在としての超越（transcendance de l'immanence）」が直接的に演じられる場、そしてまた、ただ単に壮大な関連や、完成してしまっている思想が開陳されるのではなくて、それらが生まれてこようとする状態にある場、認識と行為とが分かちがたく結びついた実践の場となりはじめるだろう。ボードレールは、こうして詩人に本当の地上の星を与え返し、暗黒であるとはいえ、紛れもなくわれわれのものであるこの地上の「乏しさ」のなかに詩を打ち立てた。彼の詩の中の〈私〉は存在の外に、詩の外にすら位置している、世界を上空飛行（survoler）しているような普遍的な超越者ではない。そうではなくて、実際に詩のなかで行動している、意識を持ち、己の実存を背負い込んでもいる〈私〉なのである[37]。だが、そう言ったからといって、それは、ボードレールが詩を、個人的な意識のなかに閉じ込めてしまったというのではない。それどころか、この〈私〉を通じて、彼は、「あらかじめ築き上げられ、われわれすべての感覚が、それに通じているような自然の助けなしに、いかにして人々が心を通わせるかを知るという問題、また、われわれが、われわれが所有しているもっとも固有のものを通して、いかにして、普遍的なものに繋がれているかを知るという問題[38]」、これらすべての現代芸術が等しく出遭わなければならなかった根底的な問題を提起し、解こうとし、それを身をもって生きたのである。そして実際、『悪の華』から『パリの憂愁』への展開、あるいは転回が、なによりもはっきりと物語っているように、彼は詩の抒情的な生命を引き換えにしてまで、己のもっとも固有な実存から、もっと普遍的な、都市のもとでの存在一般の様相へと、詩の営みを推し進めているのだ。ここには、まさしく言葉の正当な意味での「存在の冒険」を認めることができるだろうし、そして、われわれがいま、立ち会おうと望んでいるのも、このように理解された限りでのボードレールの詩的な冒険にほかならないのである。

＊

さて、この「超越者なき超越」という問題設定（problématique）に対して、ボードレールが答えた、おそらく最初の独創的な解決は、明らかに不充分なものではあったのだが、それでも、比類なく美事なものであったし、また豊かな可能性を孕んでもいた。「万物照応（Correspondances）」というあまりにも有名な詩が集約的に表現している詩法は、そこに彼の詩の方法の一切が見出されるわけではないとはいえ、彼の詩の世界へのひとつの鍵を与えてくれるものであり、もしわれわれがそこで、少しでも「幸福なボードレール」の像を探し出そうとするならば、常にその多様な反映の裡に留まっていなければならない——そのような唯一束の間の救済を、導き出そうとしているものでもある。

長いこだまの遠くから溶け合うよう、
涯もなく夜のように光明のように、
幽明の深い合一のうちに
匂と色と響きとは、かたみに歌う。[39]

匂と色と響き——これらは、いずれも存在に纏わり付き、存在が絶えず発散しているものではあるが、しかしその存在を超えてもいるだろう。しかも、われわれが匂を嗅ぎ、色を見、響きを聴くことができる限りは、これらは存在から切り離された抽象的な超越者であるのではない。とすれば、これらは、あの「超越者なき超越」のもっとも身近な一般的形式となっている、と言えそうである。感覚的世界の思いっきり開けられた豊かさ、ボードレールは、この汲み尽くしがたい、広大な地平を、詩の根拠として取り入れる。だが、この「広大な（涯もない）」(vaste) という言葉は、そのまま「対象世界に与えられる言葉」ではなく、むしろ、バシュラールが言うように、内密の空間の領域における綜合、統一として考えられなければならない。[40] 私が、いま、なんらかの匂を感覚しているのとしても、この匂を机の上に置かれた一杯の珈琲に還元してしまったり、また、仕事に疲れてきた私の意識が勝手に創りあげた幻覚と考えたりしてしまえば、私は、この感覚的な世界を取り逃がしてしまうことになるだろう。そうではなくて、感覚を未決定なままにしておかなければならないのだ。そして、そのときにのみ、真の内密さ——すなわち外部でもあり、また同時に内部でもあり、しかし、〈私〉の方へも、対象の存在の方へも送り返されることのない「客体と主体とを同時に包含する」[41]ような、「親しげ」な空間が、現われてくる。それは「長いこだま」が暗示しているような親密な遠さの空間であり、切り離されたり、対立したりしているものの、それぞれからの超越による連続、綜合の空間である。だとすれば、この空間は、なによりも形容詞の空間ではないだろうか。というのも、形容詞こそは、主体にも対象にも同時に係わりながら、しかもそのどちらをも超えているからであり、感覚というこの内密な両義性(ambiguïté)の領域に直接に属しているからである。「形容詞は名詞を包んで淡い明るい色に塗る透明な衣服[42]」なのだとボードレールは書いているが、形容詞の働きは、おそらくそれ以上でもあるだろう。形容詞は、「物から物へと感覚の釉薬をかける[43]」だけではなく、むしろ、それとは逆の「感覚」という人間にとってのもっとも根源的な「自然」からの存在の生成、あるいは言葉の、とりわけ名詞の思いがけない出現をも司っている。形容詞が要求される状態、すなわち、感覚における未決定なものとは、この自然が密やかに走っている寡黙の声、いまだ明確な形(フォルム)を与えられていない「捉えにくい言葉[44](confuses paroles)」、気化している意味、野生の発生状態の意味なのである。言い換えれば、この空間にあっては、感覚(サンス)と意味(サンス)とは分たれることなく、超越そのものである生々とした方向(サンス)としてあるのだ。そして、この豊かな喚起力こそ、「万物照応」の第一節で、「象徴[45]（symboles）」と呼ばれているものにほかならない。この言葉は誤解を招きやすい。それは躓きの石である。われわれはこの言葉を、沈黙から言語への、未決定なものから決定への、生々とした飛躍の可能性として理解しなければならない。ある匂があって、それが突然、「子供の肌」という言葉を喚起する——だが、この匂がそのまま「子供の肌」であるわけでも、その匂であるわけでもない。この匂と「子供の肌」とのあいだには内密な距離といったものがあって、そこに「爽やかな」というひとつの形容詞が置かれることになる。

Il est des parfums frais des chairs d'enfants.
子供の肌のように爽やかな匂がある。

「万物照応」の第九行目にあたるこの文章の意味は、だからのちに « frais »（爽やかな）と言われるであろうようなある感覚が、« des chairs d'enfants »（子供の肌）の方に向かっていくその運動によって担われ、そこから迸り出てくるのだ。この運動、この方向づけられた内密な距離こそが、まさにイマージュというものであって、そのダイナミズムこそ、他の存在、他の言葉へと向かっていく感覚（サンス）の超越そのもの、意味（サンス）の生成過程そのものなのである。

だとすれば、ここで、「子供の肌」は爽やかさの象徴になっているというだけでは、この生々とした「自然」の営みは到底捉えられないだろうし、そうしたスタティックな考え方からでは、

« frais » と « des chairs d'enfants » というふたつの言葉を結びつけている « comme »（のように）の持つ深さは見えてこないことになるだろう。だが、これはただ単にふたつのものを並列して結び合わせているというような機能を果たしているのではない。« comme » は、一度感覚というまことに広大な「自然」の領野を与えられたうえでは、むしろ垂直的な方向、親密さと距たりとが同時に作用しているあのイマージュの経験をこそ徹底して体現しているのである。だから、「精神と感覚との」、すなわち感覚と言葉のあいだ、あるいは諸々の感覚のあいだでの照応、またその言葉のあらゆる意味（「熱狂」、交流、飛躍、酩酊、移動、転移……）における « transports »[46] が行われる場処とは、この « comme » という五文字が示している空間なのだ、と言っても決して言い過ぎではないだろう。そして、われわれはいまやソネ（sonet）形式で書かれたこの詩そのものが、特に第二節以降、« comme » という言葉の力によって織り成されていることにあらためて気がつくのではないだろうか。

Comme de long échos de loin se confondent,
Dans une ténébreuse et profonde unité,
Vaste comme la nuit et comme la clarté,
Les parfums, les couleurs et les sons se répondent.

これは先にも引用した「万物照応」の第二節の原文であるが、この四行のなかで、起承転結の転にあたる第三行目の特異な調子、一種の運動感に着目しよう。まず、冒頭の《Vaste》という形容詞だが、これはその前の行の《unité》にかかっているわけではあるが、しかしそうした文法的な読み方を超えたなにかもっと突出した印象をこの言葉はもたらすし、それは前の行の末尾に置かれたヴィルギュルによっても強調されている。実際、節全体の意味の重なり合いからすれば、この言葉はむしろこの節の全体、そしてこの詩の全体までを、まことに広大に覆い尽くしているのではないだろうか。《Vaste》は、ボードレールにあっては、綜合、そして統一（unité）の指標なのだというバシュラールの指摘[47]をもう一度想い起こそう。それに、さらに付け加えて、《Vaste》とは拡がりゆく運動、拡大や膨張といった現象の指標になっている、と言うこともできるだろう。いずれにせよ、形容ということでは、この言葉はほとんどなにものも形容してはいない。《Vaste》が《unité》を修飾するのではなく、ここにある未決定な感覚の広大さそのものが、すでにはじめから、例えば主体と客体との「幽明の深い合一（ユニテ）」であるのだし、また、この合一の中から、感覚と言葉とのあいだ、あるいは諸感覚相互のあいだでの呼応によって、新たな統一が生まれてくるとしても、それは《Vaste》という喚起力そのものによってであるだろう。この運動は、形容詞ののちに続くふたつの《comme》によって、「闇（nuit）」と「光（clarté）」との両極に向かっての二重の運動として現われる。この二元性はわれわれに様々な読み換えの可能性を暗示してくれる——夜と昼、主体の存在の闇と客観的世界の明るさ、内部と外部、感覚の沈黙の声と言葉の明確さ……そして、これらのどれでもあり、またどれでもないというべきだろう。《comme》という言葉が、これはすべての可能性を可能性のままで留保するからだ。というのも《comme》は、たしかに《Vaste》と例えば「闇」とをつないではいるのが、このふたつのものを一致させたり、融合させたりしているのではなく、その限りでは「闇は広大だ」という断言を前提としているのではなくて、《Vaste》という感覚の、「闇」という言葉に向かっての絶えざる超越、絶えざる接近をこそ表しているのだ。《comme》は《Vaste》にはっきりとした方向を与えはするが、それを到着点に送り届けはしない。こうして、ここには《Vaste》から発して、同時にふたつの相反する方向に向かう超越の運動があるのだが、また逆に、この二重の運動は、《Vaste》によって統一されてもいる。すなわち、問題となっているこの一行は《Vaste》が携えている拡がりにおける統一という両義的な価値の、《comme》という方向の空間のなかでの展開を示しているのだ。そして、このような求心性と遠心性、二重性と統一性との重なり合い、絡み合いを通して、この一行は第一行目の《comme》の方へも、二行目、四行目の方へも拡がっていくのであり、また、《Vaste》という一語を中心にして、この四行のすべてが互いに文法を超えて響き合い、照応し合うのである。

さて、こうしてボードレールは、「精神と感覚との熱狂（トランスポール）」、静かな恍惚（extase）でもあり、感覚への出自（ek-stase）でもあるような世界を手に入れる。そして、これは、なによりも超越そのものが、生々とした運動として捉えられているような空間なのだ、ということをわれわれは語ってきた。しかし、超越と言うからには、それはなんらかの存在からの超越であるだろうし、そうである以上は、たとえ「匂、色、音」のように対象とその感覚とのあいだに、眼に見える距離が存在するような場合でも、やはりその感覚は、それが由来している対象の方へと不可避的に超越していくことになるのではないだろうか。この微かな香りは庭の木蓮の方へ、この緑は彼方の山の方へ、そしてこの音は、姿は見えないにしても雲のなかの雲雀の方へと回帰していくのだし、そうした存在、あるいは言葉の方へと送り返されねばならない、というわけだ。そして、そうであってこそ、即時的な（en soi）存在としての客観的な世界が定立されるのだし、それはそれで、自然な成り行きにほかならないのだが、そうなってしまえば、この根源的な感覚の世界である照応は失われてしまうだろう。この事態を避けるためには、おそらく、感覚の世界がもともとそれによって織り成されているあの二重の運動の一方、対象への回帰とは逆の方向の運動を、さらに強く推し進めなければならない。感覚を、生々としたイマージュ（image）のままで保たなければならないのであり、そのためには、一種のイマージュ化の運動、すなわち、想像力（imagination）の運動が主体に課せられるようになる。だから、照応の世界とは、逆に、こうした二重の運動の危うい均衡を通して成り立っているのだ。だが、もしも、匂や、色、音が、純粋な感覚として得られるとするならば、もっと易々と、もっと完全に照応を持ち来たらすことが可能となるだろう。それは、なにものの感覚でもないのだから、逆に、あらゆるもののイマージュとなり得るだろう。想像力は、そのときにこそ、最大限の自由を勝ち得るはずである。そして、ここにこそ「龍涎（りゅうぜん）、麝香（じゃこう）、沈（ぢん）、薫香（くんこう）」といった香料、「万物照応」の詩が最終的にそこへと収斂していくような香料の特権性の根拠がある。香料、それは、明らかに、なにものの匂であるのでもない。それは純粋な匂、ほかのなにものにも還元され得ない自己同一的な感覚であって、しかも常に、気化した見えないもののままで、持続的に拡がり続けるのだ。この純粋な超越そのものの運動によって、香料は、あらゆる見えるもの、あらゆる言葉への豊富な可能性を宿している。一壜の香水でもあれば、それは詩人に、彼が見たいと望むあらゆるものを、眼を閉じたままで見させてくれるに充分なのであり、そのときに、香りは詩人の存在を貫き、そこに沁み入り、そして、まことに静かに、優しくそのなかで拡がり、それを包み込み、その傷を癒すだろう。香料は、こうして一貫して、ボードレールの幸福の常数となる。そして、香料ほど完璧ではないにしても、論文「リヒャルト・ワーグナーとタンホイザーのパリ公演」の第一章、自作の「万物照応」の引用に続けて、ワーグナーの音楽が彼にもたらした「それ自体以外に他のいかなる装飾もない宏大さ」の空間、「逸楽と認識とからなる恍惚」についての記述[48]が語るように、音楽もまた純粋な超越たり得るのだし、また色に関しても、「一八五五年の万国博覧会、美術」のなかで、ドラクロワの作品に対して、彼が「この色彩は、それが衣裳としてまつわる物象とは独立に、それ自身で考えるのである」とか、「これらの嘆賞すべき色彩の諧調は、しばしば和音や旋律を想わせ、これらの絵からもち帰られる印象は、しばしば、ほとんど音楽的なものである[49]」と言っているのを読めば、色彩が与える純粋な感覚があって、まさしくそうした色彩の自律的な喚起力をこそ、彼は、ドラクロワの絵に見出し、それを味わっていたのである[50]。

だが、それだけでは問題は解決されはしない。なるほど、匂、色、音は、それぞれ香料、絵画、音楽において、超越の運動の与うる限り純粋な形態をとることができる。そして、ボードレールがこれらの感覚の絶えざる運動のなかに身を起き続け、その拡がり行く空間の享受者に留まる限りは、彼の夢想、彼の至福は約束されたものとなっているのかもしれない。しかし、彼はあくまでも詩人であるだろうし、ということは、これらの感覚を言葉の世界のなかに連れていかなければならない。あるひとつの感覚と他の感覚とのあいだに共応が起こるのだとしても、それらは、結局は、言葉の方へと超越されねばならないのだ。とするならば、実はそのとき、「超越者なき超越」という理念は、脆くも崩れ去ってしまうのではないだろうか。この疑念は、ほとんど決定的なように思われる。実際、ある感覚が、「子供の肌のように」という言葉に置き換えられてしまえば、それがどれほど《comme》という留保によって導かれており、だからそこに読み取られるべきなのは、感覚と言葉との一致ではなく、生々とした沈黙の意味の、その言葉への接近、そうした運動なのだ、と言ったところで、すでにして、この「子供の肌のように」という言葉は、その感覚から切り離された抽象的な存在なのだから、その感覚の外部にある一般的な超越者となってしまっているのではないだろうか。

しかし、そうではない。というのも、言葉もまた、感覚であるからだ。言葉の持つ一般性、抽象性に、具体的な感覚を与え返すこと、そして、言葉を、あの発生状態の意味(サンス)のなかに位置付けること、それこそ詩の任務なのである。

水平線、上昇する直線、下降する直線を、詩の言葉が模倣し得ること。(そして、そこから、それは音楽芸術、ならびに数学に達しうる。）詩の言葉は、息切れもせずまっすぐに天に舞い上り、はては重力の素早い加速で、一直線に地獄に降下できること。またそれは螺施の跡を追い、放物線を描き、あるいはつぎつぎと一連の角度ある線をつくってゆくジグザグを描いてみせる。(51)

ボードレールは、こうして、詩の言葉があらゆる運動を形造れる、と言う。詩は、これらの多様な運動によって、われわれにひとつの空間、あの « vaste » という形容詞に表されていた全体的な感覚の空間を現わさせるだろうし、そこでは、言葉は互いに響き合い、照応し合って、超越の運動そのものとなっているだろう。すなわち、言葉の意味作用（signification）というものが、意味するもの（signifiant）から意味されるもの（signifié）への超越の作用であるとすれば、詩の言葉は、この超越的な意味されるものにまで辿り着かないことによって、あるいは、意味作用の全体をいわゆる辞書的な意味作用からずらしてしまうことによって、超越という運動状態のままで留まろうとする。詩は、だから、なにかある観念や事物を、表象＝再現前し（représenter）たりするのではなく、むしろ意味の絶えざる誕生そのものを実現するのだし、その言葉は、自ら感覚として存在しているのだ。とすれば、のちにマラルメが言うように、詩人が例えば「花」と一言口に出せば、そのとき「われわれの知っている花とはちがった、現実のどんな花束にもない、におやかな、花の観念そのものが、言葉のもつ音楽の働きによって立ちのぼる」(52)ことになるだろう。それを観念と言うにせよ、そうでないにせよ、ここには感覚を通しての言葉の超越の運動が、美事に定式化されている。詩が「口寄せの呪術[53]（sorcellerie évocatoire）」に近付くのは、こうしてそれが、喚起（évocation）という言葉の原始的な、本質的な力を発動させ、その力を発現し続けるからである。言葉のなかには、「なにか聖なるものがある[54]」とボードレールは言うのだが、この「聖なるもの」は決して天上の超越者に属しているようなものではなく、強いて言えば神は不在なのだから、その神が姿を隠したあとに残留磁気のように残り、漂っている聖性、あるいは、それよりもあの「万物照応」の「自然」と言う「聖域」、すなわち感覚と言葉との絶え間ない照応、反転、交錯、共存の領域を打ち建てている言葉の自然の力と受け取るべきだろう。だから、ボードレールが繰り返し語っている超自然主義（surnaturalisme）にしろ、普遍的類推（analogie universelle）にしろ、その言葉に拘泥して、自然的な力を離れた何か宇宙的な神秘＝秘法（mystère）なのだと考える必要は、少なくとも現在のわれわれにはないであろうし、神秘と言えば、このわれわれの感覚という広大な自然の領野こそ、もうそれだけで、何にもまして、神秘的であるに違いない。

だが、言葉がこの呪術的な魔力、原始的な暴力を発揮するのは、なによりも声の力、パロール（parole）という十全な感覚性の力においてであること、それを忘れるわけにはいかない。ボードレールが言うような多様な運動、多様な感覚を、詩が現われさせ得るというのも、それは一篇の詩を編み上げている様々な音、様々な韻が、互いに近付き合い、背き合い、そして絡み合って、その意味の世界に、独特な律動、諧調、反響を産み出すからであろうし、これらは言葉が口に出され、ひとつの声となった時にはじめて獲得されるものなのだ。言葉が感覚として留まろうとする限りは、その音声的な価値、声によって与えられる音楽性が重視されなければならないのは当然であろうが、しかし、どんな声でもいい、というわけではない。たとえどれほど音楽的な抑揚に満ち溢れていようとも、雄弁な声は、それが、一義的な意味されるものを明示したあとで情動的な価値を付け加えるものだという理由で、言い換えれば、感覚ではなく感情の領域での効果を狙っているという理由で、もっとも強く退けられるだろう。「お涙頂戴の詩人たちはいやしい手合いだ[55]」とボードレールは言い、また、後年、ヴェルレーヌは、その詩「詩法（Art poétique）」のなかで、象徴派の格律とも言うべき、「まずなによりも、音楽を[56]」、そして「雄弁を掴まえて、頸を締め上げよ[57]」と歌い出す。彼らが選ぶ声とは、雄弁のほとんど対極であるような「未決定なものと明確なものとが結び合う灰色の歌[58]」なのであり、そのときこそ、声は、あの距離における親密さ、超越そのものの運動となりえようし、それどころか、その不可視性、その絶えず拡大し、そして拡散していく運動の形態によって、あの特権的な香料の高みにまで至るのである。いや、むしろ、声こそが、詩人の存在からの直接的な気化として、また詩人に発語という詩の根本的な力を与えるものとして、この感覚と言葉との照応の中心を担っているのだ、と言うべきだろう。感覚の言葉と言葉の感覚、この交叉配列（キアスム）（chiasme）は、声という生ける運動によって統一されるのだ。ボードレールの詩が声に負っているものは、だから、単なる韻律以上のもの、詩の全体性そのものである。声は、まるで体液のように、香料のように、彼の詩の隅々までを深く浸している。それを確かめ、ボードレールの肉声の響きを理解するためには、例えば『悪の華』からいくつかの詩篇を抜き出して、それをあの「灰色の」声で、すなわち朗々とではなくて、むしろ呟くように、静かに口ずさんでみるだけで、もう充分ではないだろうか。「わが子、わが妹よ」——冒頭の一行だけで、われわれはボードレールの世界のなかに連れ出されてしまう。この一行によって開かれる世界、それはなによりも親密さの世界であるだろう。呼びかけという行為自体がすでに親密な運動であり、しかもそれは、ここでは「子」、「妹」といった血縁の近さを示す言葉によってさらに裏打ちされているのであるが、また同時に、それは詩人と読者との親密さでもあろう。読者は、呼びかける詩人を外側から見ているのではない。読者は、自らこの詩句を声に出すことによって、ボードレールとともに呼びかけているのであり、そうしてこの詩の世界のなかに棲みついてしまう。ボードレールの詩は、声を通して、内側から読まれ、生きられ、参加されることを求めている。詩人自身の社会的な意識がどうだったにせよ、彼の詩は、おそらくはじめて、読者に、詩に対するまさしく行為としての参加(アンガージュマン)(engagement)の道を拓いたのだ。われわれは、自分の肉声を持って、呼びかける——「夢見てごらん、優しさを」。そして、もう、われわれはすっかりボードレールの共犯者になってしまっている。彼が『悪の華』の巻頭で予告した、読者との奇妙な共犯関係[59]、この曰く言い難い親密さは、こうして声の力によってこそ結ばれるだろう。だが、この親密な関係が可能になるためにも、この声は、呼びかけられている対象に届き、そこで消滅してしまうような、日常的な呼びかけの声であってはならない。呼びかけられている相手は、常に声の彼方にあり、声はそれらの方向に向かって限りなく拡がり続け、接近し続けるが、しかしその具体的な相手に辿り着きはしない、というようでなければならない。ここでの親密さも、やはりあの照応(コレスポンダンス)の原則である距離における親密さでなければならず、そのときに声は、純粋な呼びかけ、純粋な超越の運動となるのである。実際、ボードレールの多くの詩は、眼の前にいる相手に向かっての呼びかけではなく、眼に見えない、遠くにいる、あるいは死んでしまった者への呼びかけなのだ。詩人は、そして彼とともにわれわれは、彼方の姿の見えない相手に向かって、その相手の不在そのものに向かって呼びかけ、語りかけ、命令する。あたかも詩が「口寄せの呪術」であるかのように。

　　わが子、わが妹よ
　　夢みてごらん、優しさを
彼方へ行って、一緒に暮らす優しさを
　　ゆったりと愛しあい
　　愛して、そして死ぬ
おまえによく似たその国で
　　濡れた太陽
　　霧の空
ぼくの心をときめかし

なんと不思議な
おまえの移り気な眼のように
涙ながらにぼくを焼く[60]

彼方の国、太陽、恋人——詩の言葉、詩人の存在は、己を超えてこれらの方に向かっていく。しかし、彼方の国は夢みることによってしか近づき得ず、太陽は、親密な距離のシーニュ（signe）のひとつである霧によって隠されており、そして恋人もまた「移り気な眼」、涙を湛えた眼によって仄めかされているとしても、決してその具体的な姿を詩のなかには現さない。結局、ここにあるのは、夢、霧、涙を通してのその彼方への超越の運動、彼方へ向かうたったひとつの声だけなのである。だから、彼方の国も、太陽も、恋人も、これら三者は決して別々のものとしてあるのではなく、「おまえによく似たその国」、あるいは「おまえの移り気な眼のように」という表現が示唆するように、互いに呼応し合い、照応し合っているのだし、この照応こそ、同時に、声にひとつの方向を与えるものでもあり、またこの声の方向から派生してくるものでもある。すなわち、これら三者は、この声の特権的な力によって、声の彼方の三位一体、言葉の「聖なるもの」という意味においてなら、まさしく聖三位一体と化すのであり、そして、この三者のうちのどれでもあり、またどれでもない彼方への「旅」、それこそこの詩によってわれわれが誘われているものであろう。

ボードレールの詩に、声が君臨する。この紛れもない肉声の運動を通してこそ、詩人は客観的な超越者ではない地上の意識として詩に登場することができるわけだし、またあらゆる詩の言葉が、そのままで、すなわち、たとえあの《comme》によって導かれることがなくとも、沈黙の声と彼方の明確な意味との戯れ、超越そのものの運動となり得るわけであろう。ボードレールにとっては、声はあらゆる彼岸の、そして詩という行為の全面的な可能性なのであり、韻文から散文への転換がのちに見出されるとしても、彼は生涯この声としての言葉を捨て去りはしなかったように思われる[61]。だが、この声という彼にとっての根本的な囲いが、今度は、あれほど近づき合っていたボードレールとマラルメの言語観を切り離してもしまうのであり、ということは、マラルメは「窮極的に声という楽器を必要としない詩[62]」を目指し、詩を、感覚という豊かな充溢した大地にではなく、あの「骰子一擲（Un coup de dés jamais n'abolira le hasard）」に見られるように白紙という余白、あるいは虚無のなかに根付かせようと試み、声という枠を言葉から取り払ってしまおうとするのである、そこでは詩人は、もはや意識でもあり、声でもある〈私〉として存在しているのではなく、徹底して非人称的であるだろう。まさにエクリチュールとしての詩がそこからはじめられるのだが、しかしこの逆転も、ボードレールによって言葉が純粋な声として〈人間〉、すなわち現代的な人間というものに取り戻されていなかったならば、ひとつの言葉がそれだけで様々な感覚や運動を「立ちのぼらせる」という超越そのものの世界が開かれていなかったならば、到底可能ではなかったに違いない。というのも、マラルメの虚無の世界は、ボードレールの生の世界の単純な裏返しや、否定なのではなく、むしろボードレールの世界からの発展として考えられなければならないからだ。ともあれ、こうした歴史的なパースペクティヴの上に立って、そこにボードレールの詩のひとつの限界を読み取るにせよ、そうでないにせよ、重要なことは、なによりも言葉と声とのかくも完全な結合、重合が、彼の詩の核となっていることを、そして、そのことが多様な現代的な意義を含み、極めて大きな影響を後代に及ぼし得ているということを、知ることなのである。

　さて、とするならば、ボードレールは、声によって「あらゆるものが、その優しい、生の言葉を秘密に語る」[63] 照応（コレスポンダンス）の世界を、詩の作品世界として実現し得るようになったのだから、たとえ上空飛行する超越的な存在者としてではないにしろ、「飛翔」のなかで謳われていたような「沈黙した花々や物たちの言葉をた易く理解する」[64] 詩人、彼方へ彼方へと軽やかに動いていく詩人、そのような自由で幸福な詩人の像を実際に体現し得たことになるのではないだろうか。そして、少なくとも詩人としては、彼は詩によって救済されたのだ、と言うべきではないだろうか。そうなのだろうか。この声によって織られている照応の世界は、確かに危うい均衡によって支えられているのだから、外側からそれを崩壊させてしまうかもしれない様々な要因があることは明らかであろうが、それでもこの声の内部に留まっている限りは、そこは内的にはいかなる危険もない安全地帯なのだろうか。ボードレールは、こうした詩の世界で完全に充足してしまっているのだろうか。それとも、この照応の世界そのものの内部で、なんらかの危機が孕まれているのであろうか。——これらの問いに答えるためにも、われわれは、声というものの本質をもっとよく把握しなければならないだろうし、またさらに深くボードレールの詩のなかに降りて行かなければならないだろう。

感覚という自然的世界と声としての言葉、この相互作用的な回路がボードレールの作品ならびに作品行為の中核を構成しており、それがほかならぬ地上的意識としての詩人の登場、読者の作品世界への参加（アンガジュマン）を可能にし、また「超越者なき超越」というあらゆる現代性（モデルニテ）の根幹をなす問題設定（プロブレマティック）を巧みに統合していたこと、それをわれわれは認めてきたばかりである。しかし、そのためには、声にひとつの制約が課せられねばならなかったのであり、すなわち、その声は実在する何らかの話し相手によって聴き取られ、その相手の方に意味されるものを搬んでいくだけの伝達機能を果すような声ではなく、この機能をいったん停止してしまったような声、そうすることによって意味するものの方を優位に置き、意味作用の運動を運動のままで保持し、そして意味（サンス）と方向（サンス）とが未だ未分化な感覚的世界を開くような声であることが、要請されていた。だが、そうであれば、これは単なる制約というものではない。この二種類の声の区分は、まさしくマラルメによって語られている「直接的な、生なパロール」と「本質的なパロール」との区分そのものなのであって[1]、ボードレールの詩が依拠しているのは、なによりも声というものの、パロールというものの本質的な構造にほかならない。それでは、声の本質とはなになのか。他者によって聴き取られないような声が、どのようなれない声でも、まず発話者自身によって聴かれざるを得ないということ。すなわち、誰にも送り届けら本質を明らかにするのだろうか——その答えは、極めて簡単である。すなわち、誰にも送り届けられない声でも、まず発話者自身によって聴かれざるを得ないということ。この「自分自身を聞く[2]」という構造が、声のもっとも特徴的な本質なのである。そして、すでに述べてきたようなボードレールの詩のひとつの根源的な運動が確保されるのは、すべて声のこの本質的な構造においてである。それというのも、純粋な「自己自身を聞く」というこの定式こそ、まさしく「自己自身への現前（présence à soi）」の形式にほかならず、この時、声は、客観的な世界の不在そのものの裡で、他人という意味でも、事物という意味でも、いかなる他者をも介在させることのない円環的な超越、香料についてわれわれが語ってきたのと同じような自己同一的な超越たり得るからである。自己の固有性をまったく脅かすことなく、すなわち非-固有な外部を導入することなく、しかも自己からの自己への超越が、このようにして可能となる。しかしそれにもかかわらず、この声は、行為として、意味として、その不在である世界の方へと運動し続けるのであり、この運動を通してこそ世界が現われてくるのだから、そこでは声は、〈私〉の世界への開け（ouverture）であらねばならない。「自己自身への現前」と「世界への現前」とは徹底して絡み合っている。そして、声とはこの分ち難い絡み合い以外のなにものであるだろうか――。これは確かに奇妙であるとしても、しかし理解し難いというようなものではあるまい。このパラドックスこそ、意識のパラドックスだからである。意識とは、「なんらかの他者について の自己自身への現前」として規定されるものなのだから、「構造的にも、権利上も、声なしではいかなる意識も可能とはならない」[3]であろう。だから、ボードレールが地上的な意識としての詩人であったということと、彼が本質的な次元で声を作品行為の中枢に据えたということとは、決して別々の事柄であるのではない。それらはひとつのものなのであり、それどころか、この声と意識との必然的な関係によってこそ、詩というものが、彼のあるいは「不幸な意識」にとっての一種の救済の可能性を与え得るのである。詩において、本質的なパロールは意識を他者に還元してしまうのではなく、彼方へと向かう運動のままでそれを留保し、そしてあの広大な、全体としては彼方へと拡がり続けながら、それ自体としては閉じているような空間、その限りではまことに宇宙と呼ぶにふさわしい拡がりを展開するのであるが、この拡がりこそ、もっとも自然的な、純粋な生、他者という非‐個有なものによって分割されてはいない生の拡がりにほかならないだろう。声は意識に、現実的な、苦痛に満ちている生以前の、世界への開けそのものであるような本来的な生を返すだろう。「時間と拡がりとが一層深くなり、実存しているという感情が無限に増大する、そうした実存の瞬間がある」[4]とボードレールは書いているが、「生の深さ」[5]、「生の象徴」[6]そのものであるような拡がりを、詩は声の特権的な力によって、照応（コレスポンダンス）の世界として実現する。だから、こうなれば、この拡がりはもはや単に空間的な拡がりというだけではあるまい。それは、生の拡がり、生の深さであり、すなわち時間の拡がりでもあるだろう。声が自己自身によって聞かれ、了解されるのは、その声が発せられる瞬間においてなのであり、そうでなければ「自己自身への現前」の固有性は崩壊させられてしまうのだが、そのとき現在という特権的な時間、現象学で言う「生ける現在（Le présent vivant）」、存在の根源的な時間性が顕在化されるのである。実際、意識も、生も、現在という時間以外のなにものでもない。ただし、この現在は、直線的な時間のある点的な切断として考えられるようなスタティックな現在ではない。瞬間とはいえ、それは拡がりにおける瞬間、瞬間における拡がり、すなわちあらゆる運動の可能性そのものであるような、ゼノンの逆理を知らないような瞬間なのであり、むしろ通常の時間／空間という二元論以前の、「今」の拡がりがそのままで「ここ」の拡がりでもあるような、そうした始原的な空間‐時間の拡がりなのである。ハシッシュの経験を語る文章のなかでボードレールがはっきりと述べているように、この領域では、「空間の深さは、時間の深さのアレゴリー[7]」となるのであり、これら「密接に関連している二つの観念（イデー）[8]」は未分化なままで、ひとつの親密な間として、超越という運動として、拡がり続けるのである。「時間は生のサンスである（サンス――水の流れの方向（サンス）、文章の意味（サンス）、布地の織目（サンス）、匂の感覚（サンス）と言われるような）[9]」と、クローデルがその『詩法（*Art poétique*）』のなかで語っているように、先に述べてきたような意味と方向との、そして感覚との一体となった拡がりを可能にし、保証しているのは、時間と生との、主辞と賓辞とに分解され得ない結合、「生ける現在」の自己同一的な拡がりなのである。このクローデルの文章に従いながら、メルロ＝ポンティは次のように書いている――「サンスという言葉のあらゆる受容のされ方の根底にわれわれは、己れ以外のものに向かって方向づけられ、惹きつけられた存在という同じ基本的な概念を見出すのであり、こうしてわれわれは常に、脱自としての主観の概念や、主観と世界とのあいだの能動的な超越の関係へと導かれる」[10]――「生ける現在」とは、「自己自身へと現前」しているような超越の空間－時間なのであって、こうして照応の世界を成りたたせていた様々な概念、感覚、意味、方向、運動、親密な距離、自己同一的な超越、拡がり、生、固有性、意味するものの優位などは、この現在を中心にして緊密に結び合い、連帯し合っている。そして、これらのすべてに、われわれは「自我の拡散と集中[11]」を認めるだろうし、とすれば、ボードレールは、まずは香料や、ハシッシュによって、しかしそれ以上になによりも、声という自己への絶対的な近さ、言葉の全き可能性そのものによって、現在を発見し、それを生きたのだ、と言ってもよいであろう。現在は、人間の時間である。神という超越者の方から世界を構成し、了解するのではなく、「いま、ここ」という現在の拡がりを通して世界へと係わること、天上のではなく地上の意味を問うこと。――これら現代的な、人間主義的な一切の問いを、ボードレールは、詩に声の本質的な力を与え返すことによって、引き受ける。実際、『悪の華』一巻の構成――詩人自らが、この詩集は「その全体において判断されなければならない[12]」と言うのだが――、それは、選ばれた「一個の魂[13]」の出生から死までのパースペクティヴを、単に各々の詩に外的な統一を与えるために、擬しているのではなく、古典時代におけるような観念や、表徴としての人間ではなくて行為するものとして、現在を生きるものとしての「人間」の誕生に捧げられているのではないだろうか。『悪の華』は、それが詩人の意識的な作業であったのかどうかは別にしても、主観的な時間、「生ける現在」から出発して、生から死へというひとつの客観的な時間の流れを構成しようという、あるいは逆に客観的な時間を主観的な、人間的な時間として奪い返そうという、途轍もない野望によって貫かれているように思われる。「一分間に三分間を生きる」[14]ことができるのだし、それを可能にしてくれるような生々とした現在の躍動こそが、唯一、彼を押し潰していた倦怠の時間を打ち破り、意識にその本来の生を返すことができるのだ。倦怠とは現在を奪われた時間、時間と生との分離という事態、すなわち「生ける現在」なき「死せる持続」なのである。「時間は生を啖う[15]」——ボードレールによって幾度となく繰り返されるこの主題が端的に集約しているように、時間と生とは、互いの徹底的な「敵」となってしまっている。この倦怠、この存在の病を、ボードレールは声によって支えられた「生ける現在」、詩の力によって克服しようとする。この詩集の至るところで、「敵」である客観的な時間に対して挑みかかり、それから生を奪回しようとし、苦闘しているボードレールの「現在」の戦闘的な姿が見出される。そして、『悪の華』全体が、主観と客観との、人間と世界との、「生ける現在」と倦怠との果てしない「決闘」の光景を浮かびあがらせている。だが、それらはただ彼の詩句から直接に読み取れるというだけではない。一篇の詩は、それがどのような意味されるものに向かって方向付けられているとしても、例えばそれが「希望は、敗れて、啜り泣く[16]」というように、敗北や絶望の詩句であるのだとしても、それでもなお、それがひとつの肉声に結びつけられている以上は、それは常に「生ける現在」の支配下にあると言えようし、そこには十全な希望とは言えないまでも、この敗北や絶望へと向かっていく声の生々とした運動を見出すことができるだろう。だから、ボードレールの詩は、生と倦怠との闘争を描写しているのでも、そうした思想を述べたてているのでもない。詩句のひとつひとつが、生として、声として、この不断の闘争を担っているのだ。すなわち、詩そのものが、ここでは、時間と生との本来的な一致、一体性を回復しようとする戦いであり、倦怠のなかに真実の生の領域を確立しようとする行為なのである。そしてそのとき、この領域は、すでに「万物照応」によって暗示されていたように、「祭祀の領域[17]」、神なき祝祭の領域となりはしないだろうか。祝祭こそ、現実的な時間を超えた超越の空間であり、現在と生とが一体となる時間にほかならない。彼の詩の抒情的な価値は、祝祭の拡がりを構成している解放と神秘との不思議な結合の印象を産み出している。鐘が祝祭の時間と空間を満たしているように、声は彼の詩の空間－時間を満たしている。しかし、神なき、この都市の時代において自然な、真正な祝祭が不可能であるように、また詩という「超越者なき超越」の拡がりも、あらゆる危機を逃れたひとつの安全圏として確保されるわけではない。民衆が己の自発的な、生々とした現在を奪回し、自由な拡がりを生きるという意味においては、都市の祝祭は街路のバリケードを通してしか本当に実現されなかったのだし、それと同様、ボードレールの詩が現われさせている現在の祝祭そのものが、ひとつの全体的な危機ともはや区別され得ないのである。都市のもとで、戦場と祝祭はひとつのものとなる。そして、彼の詩においては、「祝祭と戦士と詩人[18]」とは見分けがつけられない。十九世紀フランス史のなかに、いくつかのそうした民衆の祝祭が、それぞれ孤島のように連なって刻み込まれているのだが、それと同様に『悪の華』全体の構成が作り出す流れのなかで、ボードレールのそれぞれの詩は、その余白に囲繞されながらも、危機的な現在を戦闘的に、そして花のように開いているのである。世界と人間との文字通り自然な結び付きも、神という超越者を通しての両者の統一も失われてしまったこの「乏しき時代」においては、ひとつの肉声が発せられ、そして生と時間との本来的な結合が回復され、生々とした発生状態の意味が迸るのだとしても、それは常にひとつの危機の形態をとってでしかないだろう。ボードレールの現在は、こうして客観的な時間、「死せる持続」のなかに投げ出された「生の躍動（élan vital）」として現われてくるのだが、それはまた生の間歇的な危機でもあるのだ。確かに、祝祭の鐘は鳴る。しかし、それは「祖国なき、さすらいの亡霊のように呻き声」[19]を響かせるばかりなのであるし、また詩にとっての鐘、すなわち詩人の声にしても、それは「ひび割れた鐘（La cloche fêlée）」の「弱々しい声」でしかないのである。

しかし、私の魂はひびわれている、倦怠にあって、
夜の冷たい空気をその歌声で賑わそうとしてみても、
ああしばしば、その声は弱々しく、

まるで血の湖のほとり、累々と山をなす屍のもとで、

人に忘れられた負傷兵の最期の喘ぎのよう、
身動きもならず、必死の力に息を引き取る者の。[20]

ここには「万物照応」が約束していたような感覚的世界の豊かな展開はすでにない、と言うべきだろう。ここでも確かに、われわれは詩人の肉声をとらえるのだが、それは生々としたのびやかな生の発現というよりは、戦士として、人に知られず、その孤独の裡で傷つき斃れようとしている詩人の最期の生の喘ぎでしかないだろう。この詩の現在は、死を目前にした、死につつある現在である。ここにはボードレールの詩の極点が形象化されている。しかし、その光景がどれほど「万物照応」の世界から距たっているように思われるとしても、これもまた、「生ける現在」からの極めて必然的な、正当な帰結であることをわれわれは認めなければならないだろう。この場合、死はただこの「生ける現在」の外側から、すなわち「死せる持続」の方からのみ襲いかかってくるのではない。それは「生ける現在」を内側から蝕んでいる。詩人の魂は、詩人の生は、詩のパロールを発しながらも、「ひび」割れている。だが、これは、この作品が完璧な祝祭の領域を造形するのに失敗したということ、存在の傷を癒す戦いに、なす術もなく敗北したということを物語っているのではあるまい。そして、逆に、この魂の「ひび」そのものが、こうして詩人の声によって歌われることによって、ある慰藉を見出し、救済されたのだ、と考えることもできないだろう。ここでボードレールによって歌われている経験とは、詩が、詩人の幸福の鍵であるあの「超越者なき超越」という理想に近付けば近付くほど、それは己の根拠の不在、すなわち「深淵」へと出会わざるをえなくなるということである。「生ける現在」は、ひとつの全体的な危機である。というのも、「かつて祭日に属していた鐘は、人間と同じように、暦から締め出されている」[21]からであり、鐘も、詩人の現在も、それは「祖国なき、さすらいの亡霊」にすぎないからである。詩人の存在が、客観的な、現実的な世界に対する異邦人としてあるように、「生ける現在」も客観的な時間に対する異邦性を保っている。それは持続によって支えられていない瞬間的な時間である。そして、それ以上に、詩人はこの「生ける現在」を通して、はじめて己の死という危機的な状況に身を晒すことになるのである。ボードレールは、この危機において、声という詩の、そしてプレザンスの可能性をその究極にまで、すなわち、それがその不可能性に蝕まれるまでに究めようとしている。彼は、己の「生ける現在」において、おそらくはじめて、死に出会うことになる。実際、倦怠の時間、「死せる持続」の時間が生を締め出していることになるだろう。そして、詩の行為によって、彼が己の生々とした現在を回復するのだとしても、それは死の影を伴ってでしかないのである。だが、少なくとも彼が肉声を発し続け、詩のなかに棲み続ける限りは、そこには、死は現われてはいない。それどころか、決して死そのものは現われることはないだろう。というのも、死とは、なによりもこうした現われや、プレザンスそのものに対する否定性にほかならないからだ。端的に言えば、「死そのもの」は存在しない。われわれが死と出会うのは、死への予感、死への危機としてであり、死へと向かって行く己の生の運動を通してである。すなわち、「生ける現在」は、それが純粋なものであればあるほど、己の死に向かって炸裂していく「死につつある現在」でなければならないだろう。死は、そうした意味では、生の不可能性であると同時に、生を裏打ちしているその可能性なのである。この生と死の両義性、それは確かにボードレールの詩を、不安定な、暗澹たるものにしている。「生ける現在」という詩人にとっての唯一の「理想」は、この本質的な生と死との絡み合いによって、常に「憂愁」としてしか実現され得ないのである。『悪の華』の初版、再版を通して、詩人によって『憂愁と理想（*Spleen et Idéal*）』という総題のもとに纏められた一群の詩、それは質量ともにこの詩集の中核を成しているのだが、その全体を貫いて、詩人の現在、詩のパロールの危機が深まっていくひとつの運動を認めることができないだろうか。[22] そして、その最終の局面に置かれた多くの詩は、「ひび割れた鐘」に歌われていたように、すべて死を前にした危機的な生の暗い輝きを湛えている。

大森林よ、君は伽藍のようにわたしを脅かす。
君は風琴（オルグ）のように吼える。そして、われらの呪われた心、
瀕死の喘ぎが顫えているこの永遠の喪の部屋に、
君の「深淵より」の祈りだけが、木霊を返している。[23]

この一節は、われわれに「万物照応」の詩、その「ひとつの寺院」であった「象徴の森」を想い起こさせる。だが、それにしても、なんという変貌だろう――、生の寡黙なパロールによって満た

されていた親密な、豊かな照応の世界は、無残にも、声そのもののメタフォールである「木霊」もただ空ろな「永遠の喪の部屋」に、喘ぐような瀕死のパロールを響かせるだけの空虚な世界へと変わってしまっている。「深淵より（De profundis）」の祈りも、ここではもはや神に向かって訴えられ、神によって聴き届けられるような祈りではなく、神なき深淵のなかで、己によって発せられ、己によって聴かれるだけの虚しい祈りにすぎないだろう。しかし、それにもかかわらず、この暗い「大森林」と、あの「象徴の森」とは、やはり同じひとつの森林、同じ「自然」なのである。すなわち、生と死との両義性は、そのまま「自然」の両義性、例えば「苦悩の錬金術（Alchimie de la douleur）」のなかで、「ある者には、墓場だ！　と告げながら、別の者には、生命だ、輝きだ！と言う[24]」と語られているそうした「自然」の両義性なのである。「自然」は詩人に奪われていた自然の生を取り戻させてくれるのだが、それと同時に、その生を再び奪ってしまう。「生ける現在」は、極めて自然に、己の死に向かって、まるで「深淵に向かって走る放れ駒[25]」のように疾駆する。そして、詩人は「自然」の力によって、倦怠を「生ける現在」へと転換させるのだが、一度そうなってしまえば、今度はその同じ「自然」の力が、「生ける現在」を詩人にとっての仇敵である「死せる持続」へと転化させてしまうだろう。現在はその死へと方向付けられているのだし、瞬間において成立していた方向としての意味、あるいは感覚にしても、それは一瞬の後には客観的な世界へと頽落するほかはない。詩の錬金術が、「泥」から「金」を創り出すことであるならば[26]、「自然」の錬金術はその「金」を再び「鉄」へと変容させてしまうのである[27]。しかも、このふたつの錬金術は、それぞれ互いに敵対しながらも、決してまったく別々なものではない。それらは、結局は一続きの「自然」の運動によって担われているのだ。こうして、この「自然」の両義性に対応して、ボードレールのなかには常に自然に対する賛美と憎悪とが共存するようになる。彼は「エドガー・ポーについての新しい覚え書」のなかで、詩という「純粋美の世界[28]」を、こうした「自然」の運動とは隔絶した超自然的なものとして確立しようという欲望を語っているのだが、しかし、ハシッシュの陶酔には「明白に超自然的と言えるものはなにひとつ存在せず[29]」、またその幻覚も「周囲の環境や、現在の時間のなかに根付いている[30]」と言われるのと同様、彼の詩の行為は、感覚的世界の自然的な解放を根拠とするものではあれ、決してそうした意味での「自然」を離れた行為ではないだろう。ボードレールの想像力はまさに「現在の時間」、「自然」のなかに根を張っているのである。だとすれば、彼がどれほどこの「自然」の錬金術を憎んだところで、その憎しみは癒されることはない。詩という彼にとっての与うる限りの「復讐」を試みたところで、それは「自然」の力を通してであり、その力によって、また、詩のパロールは死に瀕しなければならないのだから、憎しみは一層募るばかりとなる。憎しみを「酔いどれ」に喩えて、彼は言う――「飲めば飲むほど喉の渇きに責められる、斬れば斬るほど甦ったレルナの大蛇にも似て[31]」。このような一種悪無限的な運動が、実際、ボードレールの作品行為の本質的な運動形態なのである。それは、救いへの渇望が激しくなればなるほど、まさにその激烈さ故に、救いそのものから遠去かってしまうというキルケゴール的な様相を呈しているのである。

かぐわしい「春」はその薫りを失った！

そして「時」は、刻一刻とわたしを呑み込んでしまう

涯しない雪が、凍えた死体を埋めて行くように。[32]

これが、そうした絶望的な運動の極限に見出される光景である。「春」、――「自然」のかぐわしい、豊かな発芽や開花、そして詩人に幸福を約束し、照応の世界を開いてくれていたその匂は失われ、詩人は再び恐るべき、強大な時間のなかに呑み込まれて行こうとしている。この雪は、「憂愁(Spleen)」(LXXVI)のなかで歌われているのと同じく、「跛を引いて過ぎて行く日々」、「倦怠[33]」という生命のない、冷えびえとした客観的な時間の美しいメタフォールとなっている。詩人の「生ける現在」は、こうして再び倦怠のなかへ埋もれて行こうとしている。そして、詩人が声の可能性によって存在の荒地から掘り起し、花開かせたあらゆるものが、それとともに、また降り積もる「重たい雪片[34]」の下に隠されていこうとしているのだ。

この詩がはっきりと語っているような終末論的な色彩、それは、顕在的にしろ、潜在的にしろ、『悪の華』のすべての詩篇を彩っている。そして、それは単にひとつの詩篇に内属している問題ではなくボードレールという存在を全面的に貫く悲痛な通奏低音なのである。彼は自分のノオトに、

「世界は終わりに近づいている」[35]と書きつける。だが、それは「世界が存続し得るただひとつの理由は、それが現に存在しているということだけだ」[36]からなのであり、すなわち、この終末論は、詩の「生ける現在」が己の死へと関係付けられ、それに裏打ちされてしかあり得なかったのと同じく、なによりも世界という存在の現在がいかなる超越的な、不動の根拠によっても支えられていないということ、「生ける現在」の「超越者なき超越」という根本的な規定から出発して体験されているのであって、例えばキリスト教的な始まりも終わりもあるような終末論ではない。だから、たとえ『悪の華』全体がわれわれにとって比類のないアポカリプスとなっているように思われるとしても、決してそこに預言者の横顔を見ようとするべきではないだろう。ボードレール自身が言うように、そんなことは滑稽なことであろう。[37]彼は未来を覗き込んでいるのではない。ただ、現在という真に「人間」のものである時間を、ほとんどはじめて、詩の行為のなかで正当に引き受け、そしてそれを通じて、存在や世界を了解しようとしただけなのである。あるいは、存在や世界に、そうして、ほかのなにものによっても分割されない充実した、純粋な生を返そうしただけなのである。ところが、生や現在とともに、同時に、死やそれらの根拠のなさそのもの、すなわち「根底の完全な非存在」[38]としての深淵もまた引き受けられなければならなくなる。死が「現存在(ダーザイン)であることの絶対的な不可能性という可能性」[39]であるように、深淵はあらゆる存在の存在であることの絶対的な不可能性という可能性である。あらゆる存在は深淵によって裏打ちされている。そして、その深淵へと、「生ける現在」から出発して、詩人は冒険していくのである。そのとき、彼の終末論はこの「生ける現在」の本質的な不安、いわば死の先駆的存在としての現存在（ダーザイン）の不安として考えられなければならない。「ああっ!、すべては深淵だ、――行為も、欲望も、夢も、言葉（パロール）も![40]」――ボードレールのこうした嘆きを聞くまでもなく、詩の言葉もまたこの不安を免れてはいない。それどころか、それこそが声という「生ける現在」を発動させ、そうして、このような不安や危機の一切を招来し、それらに立ち向かうのである。詩人は、詩を通してはじめて、根源的な生、すなわち死へと関係付けられた生を認識する。あるいは、詩人の生は、死によってはじめて完成されるのだ、と言ってもよいかもしれない。しかし、注意しておかなければならないのは、この場合、「生ける現在」に降り積もる雪のように襲いかかって、それを埋もれさせてしまう、われわれが「死せる持続」と呼んできた客観的な時間が死なのではない、ということだ。それは、確かに詩の豊かな収穫を根こそぎにし、再び生と時間とを分離してしまい、現在を抹殺してしまう。そして、それは実際、ひとつの流れであるとはいえ、連続的な持続であるのではなく、雪の粒子や破片のような「秒」や「分[41]」といった個性のない、のっぺらぼうな「数[42]」に分割されている不連続な持続なのであり、それに応じてこの時間は詩人の生を一瞬毎に寸断し、詩人を彼自身から引き離してしまっている。そして、「生ける現在」はこの「死せる持続」と瞬間において拮抗し得るとしても、すぐさまその一単位へと転化してしまい、それを補完したり、構成したりするように自然に働いてしまう。だが、それにもかかわらず、屍体が死そのものではないように、この客観的時間は「生ける現在」にとっての死ではない。それは本来的な生が不可能であるが故に、本来の死も不可能となっているような、人間的な生も死も知らぬ時間なのである。すでに述べたことを繰り返せば、死そのものは存在しない。それは、逆に言えば現在のなかに見出された己の死への係わりそのものが死だ、ということであろう。現在のなかに死があり、存在そのものが深淵となっているのである。生への死の嵌入、あるいは存在と無との弁証法――こうしたものこそ、「人間」という観念にとってのアルファにしてオメガであるロゴスであるだろうし、こうして詩人は、存在するというただそれだけの不安に襲われながらも、己の死を孤りで、いかなる救済の幻影もなしに、死ななければならない現代的な「人間」の赤裸な存在を、冒険しているのである。

*

しかしながら、このように、「生ける現在」の只中における死の侵入――それは眼に見えるものではないし、またなにか現われといった形で表現されているのではないのだが――を、われわれが認めるとするならば、われわれは同時に、この現在への過去の侵入をも認めるべきではないだろうか。

事実、ボードレールの詩の現在は、その死へのパースペクティヴの裡に置かれているだけではなく、回想の、つまり過去へのパースペクティヴをも喚起している。彼の詩の随所に見出されるレミニッサンス（reminiscence）、そして意識的な回想。それらは照応の具体的な在り様のもっとも明瞭な形である。回想において、詩の現在は、過去の時間へと現前する。それは過去の自己への現前であり、それ故に、それは、自己同一的な超越、つまり「自己自身への現前」の重要なヴァリエーションである。しかも、この過去と現在との照応にあっては、それらふたつの時間を互いに隔てている客観的な時間の流れは脱落してしまう。われわれは現在において、過去の経験を生き、過去に見たものを見る。通時的な関係が、「生ける現在」の拡がりのなかで、共時的な関係に置き直される。そして、そこには「死せる持続」ではない、もっと主観的な生々とした生の自己同一性、「生ける持続」と呼ぶべき自己に固有な持続の可能性がある。

パリは変わる！　しかしわたしの憂愁のなかでは何ものも
動きはしない！　新しい宮殿、組んだ足場、石の塊り、
古い場末町、すべてはわたしにとってのアレゴリーとなり、
そしてわたしの懐かしい想い出は岩よりもなお重い[43]。

パリという詩人の外側の世界は、刻々と移り変わっていく。都市は常にこうした不連続な変化の具体的な展開の場として現われる。「組んだ足場、石の塊り」——、都市の至る所で、目ざましい破壊と建設が進行している。それは絶えず建築の途上にあり、しかも決して完成されることはない。その昨日の情景は、すでに今日の情景のなかで破壊されてしまっている。そして、この変化は、自然な変化の速度を大幅に上廻る速度で進められていく。この不連続な時間と空間、それがボードレ

ールが置かれていた現実である。ところが、詩人の「なつかしい想い出」のなかでは何ものも変わらない。彼は無数の過去の生の経験を携えており、現実のすべての事物は、その過去へと通じている様々な暗号を語っているように思われる。たとえ眼の前の「新しい宮殿」が、その古い形を跡形もなく消し去ってしまっているのだとしても、おそらくその建物がその場所にあるというだけで、それは、昔ながらの「古い場末町」と同じように、詩人の人生を密やかに構成していた生々とした、親密な意味を分泌しているだろう。現在の広大な、親密な拡がりのなかで、事物は過去のもうひとつの親密さを導くだろう。そして、こうしたさまざまなアレゴリーの可能性に従って、詩人の現在時に、過去の時間帯、過去の生が甦ってくる。現在は過去を含んでいる。この記憶とその想起という運動によって、現在は過去と結びつく。そして、そこで客観的な世界や客観的な時間と対抗し得る「生ける現在」の根拠、あるいは内的な保証としての「生ける持続」の自己同一的な生の流れが見出されるだろう。だが、この「生ける持続」には、とりわけそれの「生ける現在」との関係において、極めて曖昧なところがある。『悪の華』のはじめの部分に収められた「前世の生[44]（La Vie antérieure）」では、ボードレールはこの「生ける現在」を、彼の出生以前の生にまで遡及させている。詩人の現在に、彼の記憶を超えて、過去の生が回帰してくる。もちろん、それは一種の詩的な虚構として考えられるべきものであろうが、しかし、それだけではあるまい。というのは、そしてそれが虚構的であるのだとしても、それは、ただ、記憶の埒外のものまでが記憶と潜称されているという理由からだけではないからだ。そして、むしろ「生ける現在」そのものが、実ははじめから虚構的なものだからである。確かに、この「生ける現在」という理念は、記憶によって与えられるものであろう。ベルクソンは「生ける持続」の実体的な展開を、いわゆる「純粋記憶（mémoire pure）」の裡に求めている。だが、この「純粋記憶」という全き潜在性であるものが、真に実体的なものとして確立されるためには、すなわち現在と過去とのあいだの真に連続的な、自己同一的な媒介として持続たり得るためには、この「純粋記憶」による想起が、たとえ部分的であるにせよ、過去の現在、過ぎ去ってしまった現在を完全に復原し、現実化するのでなければならないだろう。ベルクソンは、「純粋記憶」が現在においてイマージュとして現実化されるとき、それは過去の現在がイマージュとして顕在化されるのだと考えている。そして、この過去のイマージュの現在化によって過去と現在とが「融合」し、「一致」する、と考えているように思われる。(45) しかし、そうなのだろうか。このイマージュは、過去のイマージュ、つまり過去に属しているイマージュなのだろうか。そうではあるまい。少なくとも、ボードレールの詩においては、過去と現在のこのような幸福な邂逅は保証されてはいないだろう。記憶がもたらすイマージュは、確かに過去についてのイマージュであるとしても、それは徹頭徹尾現在に属しているに違いない。現在は過去の方へと向かっていく。だが、決して、過去へと行き着いてしまうのではない。想起とは、過ぎ去ってしまった事象へと方向付けられ、意味づけられた現在なのであって、過去の再現前ではないのである。回想の空間は紛れもなく現在の空間、その拡がりである。それは、こうして、なによりも照応の拡がりそのものなのである。

このように、わたしの精神が流謫された森のなかで
ひとつの古い「想い出」は、角笛の息の限りと鳴り響く！
わたしは思う、孤島に忘れられた水夫たち、
囚人たちを、敗残の者たちを！……もっとたくさんの人たちを[46]！

詩「白鳥」の最終節である。そして、ここで歌われている「森」がやはり照応の森であることを、われわれは認めても良いだろう。ここにもやはり声があり、それは過去へと向かっていく「生ける現在」、すなわち「想い出（souvenir）」としての声である。記憶による照応と同時的な照応とのあいだには、本質上はいかなる違いがあるわけでもない。もとより照応は、具体的な対象や客観的な世界の方へと超越し続けながらも、しかしそれらへと還元されてしまうことがない原初的な感覚、あるいは寡黙な意味の親密な拡がりによって成り立たせられていた。言い換えれば、それは、現実に支えられながらも、現実の不在、対象の不在へと現前し、そうして「自己自身への現前」として「生ける現在」を純粋に己に固有なものとして確保しようとする詩人の主体的な行為の場であった。そして、その限りでは、詩人が、女の「乳房の匂[47]」に身を浸らせながら、かつて青年時代に旅した南洋の「奇異な樹々[48]」に包まれた「懶惰の島[49]」の方へと己の想像力を迸らせようが、また、実際には訪れたこともないシテール島を歌って、「われわれは見た。それが三本枝の絞首台であるのを[50]」

と語ろうが、そのどちらもが詩人の現在の生の拡がりである以上、そこにはいかなる差もあるはずもないだろう。だが、そう言ってしまうことは、とりもなおさず、「生ける持続」の可能性そのものを断念しなければならない、ということになりはしないだろうか。記憶は、過去を過去の現在として甦らせるのではないということ。過ぎ去ってしまったものは、決してもとのあるがままの姿で再び見出されることはなく、失われてしまった時は決して再び回帰しないということ。そして、それこそがまさに「白鳥」という詩の本質的な主題であるだろう。カルーゼル広場で詩人は思う、ある朝彼が同じ場所で見た一羽の「白鳥」を、そして、「決して、二度と見いだすことのできないものを失ってしまったすべての人たち[51]」を、とりわけ、取り戻し得ない過去と苦痛に満ちた現在とのあいだで引き裂かれ、嘆き悲しむあの囚われの女、アンドロマックを。詩人は言う、「ヘクトールの寡婦よ、ああ、そしてヘレニュスの妻よ![52]」と。この「ああ(hélas)!」という感嘆詞の底なしの悲痛さに、ボードレールにとってアンドロマックが意味していたすべてのもの、すなわち過去と現在との、あるいは過ぎ去ってしまった時と来るべき時との絶対的な距たりが凝縮されている。だが、「白鳥」もアンドロマックも、ここでは、詩人自身のメタフォールにほかならない。トロイの女と同じように、あるいはそれ以上に、ボードレール自身がここで、過去と現在との絶対的な距たりに己の存在の絶望的な在り様を見出しているのである。確かに、アンドロマックを思うことは、彼の「肥沃な記憶を更に豊かに[53]」するだろう。それは照応の魅力を一層深くするだろう。しかし、別の詩のなかで言われているように、たとえ彼が「千年生きたよりも、なお多くの想い出を持っている」[54]のだとしても、その記憶の豊かさは決して現在を包み込み、それを支えるわけではない。回想において、現在は過去へと向かっていく。その形式、その力が、この詩のなかで幾度か繰り返されている「わたしは……を思う（Je pense à...）」である。詩全体はこの現在の力の端的な表現によって統一されている。だが、詩そのものを構成するこの「わたしは……を思う」が顕在化され、それが繰り返されればくりかえされるほど、ほとんど逆説的にではあるが、われわれは、そこで回想され、想像されている対象と詩人との距たりが絶対化されていくのを感じはしないだろうか。現在は過去を見出し、それと合体することはできない。過去は不在であり、そしてもう二度と取り返されることがないという意味では、非在である。不在なもの、非在なものへの現前、それは照応の可能性であり、「生ける現在」の純粋性の可能性である。すなわち、不在なもの、非在なものは、それについてのイマージュが現在の拡がりにおいて、例えば「眼を閉じて見る」[55]や「精神の裡で見る」[56]、また「わたしは……を思う」という形式のもとで構成されることが可能であるとしても、それが直接に現在へと現前することは不可能なのである。過去は現在のアレゴリーとしてしか存在しない。過ぎてしまった事柄については、ボードレールもアンドロマックもただ「思う」ことしかできはしない。こうして、「過去の自己への現前」はヴァリエーションであるどころか「自己自身への現前」そのものの裡に吸収されてしまい、「生ける持続」は「生ける現在」へと還元されてしまう。これは奇妙な事態である。そして、この奇妙さを解明するためには、「生ける持続」と「生ける現在」とは二律背反（antinomie）を構成する、と言ったほうがよいかもしれない。実際、回想において過去の現在への直接的な現前を、われわれが認めるとするならば、現在と過去とが一瞬間において共存し、融合し得ることを認めることになるのだから、そこで成立する「生ける持続」は、「生ける現在」の純粋性を消し去ってしまうだろう。そして、それは逆に言えば、現在という孤独な瞬間そのものに、持続的な生という己に固有な根拠を与え返すことであり、現在を超時間的なものへの契機として救い出すことであろう。そこには、確かに一種の救いがある。そして、これこそは、のちにプルーストが、「意識的な記憶（mémoire volontaire）」と「無意識的な記憶（mémoire involontaire）」とを、すなわち人間の「知性」と「肉感性（sensualité）」とを慎重に峻別することによって辿ることになる道である。「生ける現在」は、彼にあっては、偶然がもたらす「特権的な瞬間（moments privilégiés）」において現われる。「マドレーヌ菓子の味」、「匙の音」、「ナプキンの感触」と言った意志を介在させない、偶然の感覚によって与えられる回想は、その偶然性と無意志性によって、あたかも、過去の時間の方がそのままで現在へと現前してくるような様相を呈することになる。そこで、彼は、無意識の世界、つまり身体の「肉感性」の裡に、客観的な時間の流れによって損なわれることなく保存されていた過去の時間、「失われた時」を発見する。彼は、この現在と過去の一致、融合に無上の「生の歓喜」を見出すのである。プルーストにとっては照応という言葉は、感覚における持続的な生の発現を常に意味している。それどころか、生という概念がそうした自己同一的な持続なしには成り立ち得ないものだとすれば、それは、己の生そのものが根底から全面的に把握される瞬間、己の生が「真理」として現われてくる瞬間をも意味しているだろう。宗教的であるかないかは別にしても、この瞬間は「恩寵」あるいは「啓示」の瞬間なのである。そして、一度このような幸福な経験が訪れさえすれば、それはこの「生ける持続」そのものによって保存されるのだから、それは自己と生とが分離しているような他のすべての時間を償うことができるだろう。プルーストは、こうして「わたしは……を思う」という格律によって規定される人間とは異なった、むしろ「……が感じられる」という「肉感性」に基づく人間像を創出することを通して、死の問題を克服した、あるいは回避し得た生の充実した世界を、照応の世界から導き出すのである。[57]だが、おそらくボードレールにとっては、プルースト的な「意志的な記憶」と「無意志的な記憶」との弁別は、なんら本質的な意味を持ち得ないに違いない。言うまでもなく、ボードレールにとっても、照応の拡がりはまさしく感覚的な世界に根ざしているものであり、その瞬間は本来的な生が回復される限りなく特権的なものである。そしてまた、「前世の生」が示すように、「生ける持続」が回想を通して夢見られていないわけではない。だが、それは危険な夢であり、そして夢にすぎないだろう。そして、ボードレールにおいては、たとえ偶然に口に運んだ「マドレーヌ菓子の味」が、彼が意識もしていなかった幼年時代の想い出を、まるで「水中花」のように花開いてくれるのだとしても、彼はその幸福な照応の世界に陶酔しながらも、それがもう二度と取り返すことのできない過去であること、永遠に喪失してしまった時なのだということを忘れはしないだろう。彼は追憶の瞬間に過去と現在との共存を見出すよりは、そのふたつの時のあいだの絶対的な距たりを見出す。そしてむしろ、その絶対的な距たり故に、かけがえがなく貴重なものとなった過去を描いているのである。

稲妻のように……そして夜！——束の間の美しい人よ、
その眼差しは一瞬にわたしを生へと呼び戻したのに、
もはや永遠のなかでしか、お前には会えはしないのか？

彼方で、ここから遠く離れて！　もう遅すぎる！　もう決して！[58]

おそらく、ここで以上に、ボードレールにとっての現在についての鮮明なイマージュを喚起するものはない。現在の生の閃き、それは暗黒の夜を走る稲妻である。一瞬、詩人は己の「生ける現在」を、その「魅惑する優しさと命を奪う快楽[59]」とを生き抜く。だが、それも束の間、後には生なき夜が君臨し、その現在は決して取り戻されることはない。ここで、詩人は、過去の現在をまさしく過去として歌っている。それぞれの現在はすべて、この詩の表題通りに、瞬間において生を返し、そして永遠に遁れ去っていく「通りすがりの女」である。過去も現在もどちらもこうした束の間の閃きであるのだから、現在は過去を救うことはできないし、また過去も現在を救うことはできない。このふたつの現在は、それぞれのかけがえのない固有性を失わずには、すなわち、その稲妻のような輝きを失わずには、連続し合うことも、一致し合うこともできはしないのである。だから、それでもなおそこに持続を見出そうとすれば、それはもはや「生ける現在」ではなく、それらふたつの現在の閃きを隔てている夜のようなあの「死せる持続」にすぎないことになるだろう。アンドロマックも、ボードレールも、この涯しない夜、この絶対的な距たりにおいてしか、回想を生きることができない。彼らにとっては、回想は、常に、現在の生々とした輝きを一層至上なものとして引き立てながらも、それから持続の可能性を奪ってしまうこの夜を見出すことである。そして、詩人が通りすがりの女との出会いに生の貴重な発現の瞬間を経験するのだとすれば、それはなによりも、彼女が「荘重な苦しみ[60]」に全身で耐えている「喪服[61]」の女、アンドロマックと同じように「二度と見出すことのできないものを失ってしまった」女だからなのである。過去は二度と生きられない、――そして、そのとき、この絶対的な事実は、あらゆる記憶を「憂鬱（mélancolie）」に変えてしまうだろう。想い出を通して、人は軽々と過去へと舞い戻れはしない。想い出は、ただ過去と現在とを隔てる「岩よりもなお重い」夜の重量によって、人を押し潰す。客観的世界や客観的時間に対する異邦、すなわちそれらからの「流謫」ともなるのである。言い換えれば、「生ける現在」という「理想」、つまりイデアルなもの（l'idéal）が「憂愁」と常に対になることによってしか語られ得ないように、それとまったく同じ必然に従って、「生ける持続」という「理想」、あるいは夢も、夢としてしか、観念上のイデアとしてしか、すなわち、「憂鬱」としてしか現われることはできないのだ。「憂鬱」や「憂愁」とは、こうしたイデアへの接近が接近でしかないということ。すなわちイデアそのものと一致したり、それを本当に生きたりはし得ないということ、そうしたあの悪無限的な運動を示している。そして、ここにこそボードレールの詩、ボードレールの作品行為の壮絶なダイナミスムがあるのである。彼はイデアそのものを追い求める。イデアルなものの方へ自己を超越していこうとする。だが、決して超越的なイデアと妥協しはしないだろう。すなわち、イデアが自己からの超越として成り立つその瞬間に、彼はそれが自己からの超越、つまり自己にとっての他であるが故にそれと合体し得なくなってしまう。そこに亀裂を見出してしまうのである。「超越者なき超越」、――このわれわれの時代の本質的なプロブレマティックを、ボードレールは照応における「生ける現在」の広大な可能性によって解こうとした。そして、それは決して成功しなかったわけではないだろう。だが、そこでまさに己に固有な、持続的な生が与えられようとする瞬間に、その超越的なイデアを自己に返すことを拒否してしまう。彼はあくまでも「超越者なき超越」に、すなわちこの地上の乏しさに、そして己の存在に踏み留まろうとする。いや踏み留まることを余儀なくされてしまうのである。ボードレールの存在の冒険の激烈さ――それは各々の詩を『悪の華』の全体的な深さやうねりのなかに置いてみなければなかなか理解できるものではないのだが――は、彼が、例えば照応について、そのはじめから終わりまで、その可能性から不可能性までを、妥協することなく歩み通している点、あるいはその冒険が、そうすることによって、「生そのものよりも」冒険的となってしまう点にこそあるであろう。実際、「生ける現在」と「生ける持続」との二律背反は、すでに純粋な生というイデアそのものを崩壊せしめていた。生は、過去と現在との絶対的な亀裂、断絶においてしか可能ではない。むしろ、生はこの決して満たされることも癒されることもない暗い亀裂、その傷そのものでしかないだろう。「憂愁」の生は、このような傷としての生、つまり生というイデアの不可能性、否定性である。そして、究極的には、それはまた照応による救済への否定である。回想の照応がもたらすこの純粋な、固有な持続的生の不可能性は、もっと一般的な照応すべての経験を危うくする。確かに、ボードレールは照応に現在の快楽、ある意味での「生の歓喜」を味わうことができた。しかし、この快楽がそのまま存在の救済たり得るためには、それが与えてくれるイデアをイデアとして許容しなければならないだろう。超時間的なイデアそのものを信じなければならないだろう。だが、超越的なイデアによっては存在は救われ得ないということ、それがボードレールの出発点だったのではなかっただろうか。そして、いまや照応を純粋な「生ける持続」として確保するというもうひとつの解決の可能性も、まったく同じ障壁に遭遇して、閉ざされてしまう。こうして、彼はまた己の存在へと還ってくる。照応の森を経ることによって、むしろ一層その傷口を拡げている己の傷としての存在に戻ってくる。すなわち、照応の世界においては、すべてが許されているとしても、その持続の不可能性によって、結局、詩人には忘我だけは許されてはいないのだ。「わたしは……を思う」、この照応の契機の言葉は、すぐさま「わたしは在る」を返すことになるだろう。――« cogito ergo sum ». ボードレールもまたこのデカルトの命題の呪縛を生きなければならない。だが、それも、この命題の連続的な統一性においてではなく、むしろ「思うこと」と「在ること」との、イデア性と存在との断絶、あるいは救済の不可能性においてであり、絶対的な根拠としての自我の構築としてよりは、純粋な自我たり得ないにもかかわらず、しかし根拠の不在そのものとして自我であるほかはないという苦痛としてである。デカルト的なコギトの崩壊を言うのは容易い。だが、それを性急に、そして安易に他のイデアで置き換えることなく、この崩壊そのものに立ち会うこと、それを生き抜くこと、それは極めて至難なことに違いない。そういう地点で、ボードレールの冒険は営まれているのである。だとすれば、たとえ彼自身が、その詩篇のひとつで、

それというのも、わたしの意志によって「春」を喚起し、
わたしの心からひとつの太陽を引き出し、そしてまた、
燃え上がる思想をもって暖かい雰囲気をつくりだすという
この悦楽のなかに、わたしは浸っているだろうから。[62]

と歌い、彼の照応の経験が意志によって統べられていることを強調しているからといって、ボードレールにおける照応のいわゆる挫折に、「無意志的な記憶」、すなわち、偶然によって与えられた「肉感性」に根付いているような照応を知らないが故の、デカルト的なコギトの限界を見るわけにはいかないだろう。確かに、彼は自我の限界を冒険している。自我の限界に踏み留まっている。しかし、この限界は、単に、思考によって定位される自我の限界であるばかりではなく、あらゆる感覚性、肉感性を含めて成り立っている全体的な〈私〉というものの限界であるだろう。ボードレー

ルの「わたしは思う」は、知性と感覚との二元論にのっとった思考ではない。それは、意志的にしろ、無意志的にしろ、感覚であると同時に思考であるような全体的な《sens》の運動である。そして、実際、思考と感覚とが、知性と肉感性とが同じものである場処で言葉を発するもの、それこそが詩人ではないだろうか。しかも、詩は照応の経験を言葉で再現したり、表徴したりするのではなく、なによりもそれ自体が照応として産み出されなければならないのである。おそらく、これはパロールの詩の最高規定として、抒情詩の本質的な領域を劃定している。そしてその限りでは、ボードレールの『悪の華』は現代における抒情詩の限界への冒険である、と言うこともできるかもしれない。いずれにせよ、知性と肉感性、思考と感覚、精神と身体、これらの二元論的な対立に基づいた「肉感的人間（l'homme sensuel）」の創出は、ボードレールの詩が物語っている全体的な自我の限界をなんら超えるものでも、打ち破るものでもない。それはボードレールが生き抜いた極限的な自我の遥か手前にある部分的な人間像にすぎないのである。確かに、ボードレールの自我は統一的な自我ではない。それは統一性を失い、そして分裂の徴候を見せている。しかし、この場合、その亀裂は、決して思考と感覚、意識と無意識とのあいだを走っているのではないだろう。われわれは「わたしは思う」と「わたしは在る」との断絶について語ってきたが、その亀裂はまた単に照応の時間とそれ以外のいわゆる倦怠の時間とのあいだの断絶に収斂されてしまうわけでもないのである。照応は生の祝祭であると同時に危機であった。この危機は、そしてまた外的なものであると同時に内的なものでもあった。すなわち、潜在的であるにしても、すでに照応の領域そのもののなかにも亀裂が走っているのである。そして、それは、すでにボードレール自身の「自我の拡散と集中」という言葉によって暗示されているものではないだろうか。われわれはこの「拡散と集中」との同時的で、相補的な関係を、他者への現前と自己自身への現前との関係として解釈してきた。照応の経験とは、この一般的なプレザンスにあって、その他者を不在あるいは非在とすることによって、その全経験を自己への親密さを保ったままでの彼方への拡散、超越の純粋な運動たらしめること、そうした行為であった。結局のところ、ボードレールにおいては、照応を通して、プレザンスによって生きるのではなく、プレザンスそのものを、それを織り成している「拡散と集中」の二重の運動の純粋性として生きること、それが企てられているのである。この相反する方向をもった二重の運動は、心理的な、また道徳的な、そのほか様々の衣装を纏った幾つものヴァリエーションを産み出し、それらは彼の作品の至る所に散りばめられているだろう。「ワグナー論」における「夢想」と「孤独」との対[63]はそれのほとんど完全な翻訳と考えられるだろうし、また「赤裸の心」のなかに見られる「すべての人間のなかに、どんな時にも、同時的なふたつの祈願があり、ひとつは神に向かい、もうひとつは悪魔へと向かう[64]」なども、そのなかに数え入れられるべきだろう。だが、あらゆる人間存在を各瞬間ごとに貫いているこうしたアンビヴァレントな二重性が、運動としてある限り、すなわち、例えば照応が感覚の持続的な状態であるのではなく、まさしく方向（サンス）という現在時の運動である限りにおいては、すでに述べてきたように、それはすぐさま、一方では客観的な世界や客観的な時間へと、他方ではまさしく孤独な自我へと現実化されてしまい、分裂させられてしまうだろう。実にこうした運動によってこそ現実世界が成り立っているのであり、照応はその現実世界を不在化したり、括弧入れをしたりすることによってはじめられるとしても、それはプレザンスをいわば遅延させることによって、プレザンスそのものを生きるためなのである。遅延させること、――だが、それは、われわれが照応から廃除してきた「持続」の観念なしには不可能ではないだろうか。そして、むしろ照応、あるいは「生ける現在」という生と瞬間との結合そのものに、持続性と瞬間性の二律背反を見るべきではないだろうか。そして、むしろ照応、あるいは「生ける現在」という生と瞬間との結合そのものに、持続性と瞬間性の二律背反を見るべきではないだろうか。瞬間における拡がり、瞬間における運動、このような照応の定義そのものが、「拡散と集中」という二重の運動を同時的なひとつの運動として確保してきたのであったが、それは秘かに瞬間の**なか**に持続を導入してきたからではなかっただろうか。すなわち、プレザンスそのものを**生きる**とは、プレザンスの現在という瞬間性を、拡がりとして、持続として生きること、そして現在において生の持続性を経験することなのである。そして、過去と現在とのあいだの連続性の不可能は、「拡散と集中」、瞬間と持続とのあいだの危うい均衡、交差、相互性または相補性によって支えられてきた「生ける現在」における「生」というイデアそのもののなかに、過去と現在とのあいだの断絶と同じようなある不連続性、一種の亀裂、そして「生」を根源的に脅かすという意味では「死」を導き入れるだろう。

霞のような「快楽」は地平線に向かって消えていくだろう
まるで書割の奥に空気の精(シルフィード)が飛び去っていくように。
おのおのに許されたその時々の愉しみを、
各瞬間はお前から奪い、啖う、きれぎれに。

一時間に三千六百回、「秒」は囁く、
思い出せ！　と。——虫のような声をして、
早口に、「今」は言う、俺は「昔」だ、
忌まわしい俺の吻管でお前の生は吸い上げた、と。

Remember! Souviens-toi! 浪費家よ！　Esto memor!
（わたしの金属の喉はあらゆる言語を話す）
浮かれているお前たちよ、すべて時分は鉱脈だ、
金を採り出さずに手放してしまうことはない[65]！

「霞のような快楽」、すなわち、あらゆる拡散する気体（霞、霧、香料等）の裡にそのもっとも純粋なメタフォールを見出していた照応は消滅してしまう。束の間の生が消えていくこの「地平線」

は、まさしく現実というものの地平であるだろう。照応は逃げ去り、そしてまるで「書割」のような色褪せた現実世界が現われる。照応において、「生ける現在」という生々とした自己同一性の夢を可能にしていた「瞬間」は、その「生ける現在」の最中で詩人のその「生」を「啖う」のである。それというのも、なによりも「今」というこの瞬間が、すでにその発語において過去となってしまうからである。現在は過去である、――そして「今」という瞬間、その声による拡がりのなかに、現在と過去との取り戻し得ない断絶が刻まれているのである。照応の詩的世界の要であった声のなかにも、こうして根源的な亀裂が走らされてしまう。声は、それが発せられる瞬間に聴き取られるのだとしても、この「今」という瞬間そのものが、すでに純粋ではないのであり、またたとえ「今」の純粋性を認めたにしろ、それは声を通して「昔」となってしまうのである。「今」の純粋性と声による「生ける現在」の純粋性は両立し得ない。すなわち、回想の照応について語ってきたのと同じ二律背反に、ここでもわれわれは逢着しなければならないのである。現在とはひとつの亀裂であること、永遠の矛盾であること、それがボードレールが照応の森を徹底的に踏査した上での絶望的な結論なのである。「理想」は「憂愁」へと転落する。照応の只中で、この亀裂は「秒」の衝撃を構成する。客観的時間とわれわれが呼んできた不連続な、「数」に分割された時間がボードレールにとって真の脅威となるのは、ここにおいてである。彼の作品においては、はじめから客観的な時間が与えられ、そしてただ単にそこから脱出として照応が位置付けられているだけではない。照応は、そして詩は、彼に、まさしく「生ける現在」のなかにこそ、そうした非情な時間を構成する契機があることを教えているのである。客観的な時間という「生ける現在」の外部は、まさにその内部にあり、不連続な持続は「今」という瞬間の内部に、不連続な持続は「今」という瞬間の内部に、そして死という生の不可能性は、生そのものの内部にあって、この「生そのもの」というイデアを崩壊させてしまうのである。内部における外部、同一なものにおける亀裂、――こうしてプレザンスとは、まさに言葉の正当な意味で、「傷」であるだろう。「傷」を産み出すこと、「傷」であること、それがボードレールにとっての生の根源的な経験であるのだ。そこで語られ、そこに織り込まれた夢がいかようなものであれ、照応は彼にその根底から、つまり根底がないということから、この「傷」を生きさせるという「深淵」の経験なのである。『悪の華』のどの詩篇も、この「傷」を開いている。どの詩篇も、プレザンスの裂開（déhiscence）としての一輪の花である。そして、作品行為によるこの「傷」としてのプレザンスの冒険によって、ボードレールは己の宿命的な存在を見出す。あの「わたしは思う」は、「傷」そのものの必然的な〈悪〉によって、詩人に「わたしは在る」を返すだろう。「今」が「わたしは昔だ（Je suis Autrefois）」と語るときに、その「今」と「昔」とのあいだに、同一であると同時に差異でもある、そのようなものとして「在る（suis）」という動詞が見出されるように、悪夢と化したデカルトの命題に従って、詩人は「秒」の衝撃の最中に捕らえられた「傷」としての己の存在を見詰めるのである。

わたしは調子外れの和音ではないのか、
わたしを揺すぶり、わたしを噴む、
飽くことを知らぬ「皮肉」の故にか、

わたしの声のなかにある、その金切声が！
それはすべてわたしの血、この黒い毒は！
復讐の女神が自らの姿を映す。
わたしはそのような不吉な鏡！

わたしは傷であり、そしてナイフ！
わたしは平手打ち、そして頬！
わたしは引かれる手足、引き裂く車、
犠牲者にして、そして刑吏！(66)

これが、この「傷」としての存在のもっとも赤裸な姿である。「交響曲」のような照応の調和のなかで、詩人は自らの存在を「調子外れ」の不協和音として発見する。詩人の声のなかには、悲鳴のような不連続な「金切声」が忍び込んでしまっている。それは、例えば「今」が語る「思い出せ！」という叫び声、あの「金属の喉」から発せられる叫び声であるだろう。——実際、この「思い出せ！」という言葉は、そのままボードレールの照応の世界への「開け、胡麻」である「想い起せ！」[67]、あるいは「わたしは想い出す」[68]に通じている。逆に言えば、彼の詩的世界への開けを成している回想や想像への誘いそのものが、すでにそのなかにこの「思い出せ！」という「金切声」を含んでいるのである。——そして、彼の生のなかには死へと連なっていく「黒い毒」が混入してしまっている。純粋な自己同一性、生の純粋な輝き、そうしたものはすべて観念やイデアとしてしかあり得ないのである。自己というものは純粋ではない。純粋な自己というものがあって、それが客観的な世界へ臨んでいるのではない。そうではなくて、自己のなかにははじめからすでに「傷」が、すなわち「他」[69]が刻み込まれているのである。プレザンスの裂開は、この「傷」に従って、この「傷」を現われさせる。まるで「傷」があって、それから「ナイフ」があり、「平手打ち」があって、それから「頬」が現われるように。死があって、それによって生が可能となり、しかし同時にそれによって生の純粋な固有性が脅かされるように。だが、こうしたことは自我を消滅させてしまうというのではない。純粋性を奪われたとはいえ、むしろこうした「傷」の運動によってこそ、詩人は己の死や、また一般的な他そのものに宿命的に関係付けられている自我を、つまり根源的な自我を見出すのである。それがボードレールにとっての本質的な「鏡」の経験である。「鏡」は確かに、「自己自身への現前」のもっとも端的な現われであるだろう。しかし、この「自己自身への現前」は、もはや照応の幸福な側面において垣間見られていたあのほとんど忘我に近い拡散して行く親密さ、自己同一的な生を与えてはいないだろう。自己の自己に対する同一的な関係があるとしても、ここではそれは生の光景ではなく、むしろ死の光景を喚起している。すなわち、「鏡」におけるこの自己から自己への回路は生々とした自己の固有性を産み出しているのではなく、逆に、固有的な生の不可能性を証しているように思われる。それも、おそらくは、この「自己自身への現前」そのもののなかに、「鏡」という、あるいは「鏡」との距たりという、非‐固有なもの、非人称的な他が介入することなしには、この回路が成り立ち得ないからなのである。声のなかには「金切声」が忍び込み、「鏡」の像は、その不吉な距たりによって成り立っている。そして、「木霊」というものが結局は、声の往復のための非人称的な空間の距たりを介して出なければ可能ではなかったのだとすれば、この「不吉な鏡」も決して「万物照応」に歌われている幸福な生の祝祭と無縁であるのではないだろう。「自己自身への現前」は、他においての自己への現前である。自己は常に根源的に自己から隔てられている。いや、この距たりにおいてはじめて自我が産み出される。この「鏡」の光景全体が自我なのである。そして、忘我とは自己と自己との完全な一致、また傷のない純粋な内面性の経験なのだから、ここで見出された自我とは忘我の不可能性としての、差異における同一としての自我なのである。ボードレールには忘我は許されていない。彼はあくまでもこの「傷」である自我であらねばならない。「傷」という存在の病、存在の悪に留まり続けなければならないのだ。それが、彼にとっての照応による詩の作品行為の帰結である。そして、そうであるとすれば、そこで見出された存在の根源的な追補性（supplémentarité）[70]、すなわち、生の後に来るはずの死がすでに生そのものの内部に刻み込まれており、過去と現在とのあいだの不連続な亀裂があらかじめ現在の瞬間そのものの内を走っているという存在の追補的な構造という意味でも、また、照応という忘我の親密さや生の純粋性への追求そのものこそが、それら忘我や純粋な生の絶対的な不可能性を明らかにしてしまうという意味でも、この根源的な冒険の一切は徹底して「皮肉」となるであろう。存在は「皮肉」であり、詩人、そして詩も「皮肉」以外のなにものでもない。そして、「皮肉」とは、それ故になによりもボードレールの「存在の冒険」がいかに真摯なものであり、彼がいかに「超越者なき超越」というプロブレマティックに対して最後まで誠実であったかを物語るものなのである。『悪の華』全体の唯一の主題は、このように理解された限りでの「皮肉」であるだろう。彼は、この「皮肉」に根源的な、不可避の悪や病を見出した。そして、それを「恐るべき道徳性[71]」として語っている。彼はまた、例えば「ダンディズム」と言われるような新しい道徳的態度を標榜していたが、それもこの「皮肉」から派生したものであり、それは一種存在論的な「皮肉」のなかに根を張っているものなのである。「ダンディズム」は、悪と美との結合の道徳である。そして、われわれが述べてきた存在の根源的な「皮肉」が、ボードレールにおいて、このように道徳として考えられていること、それには注意を払っておくべきだろう。彼は、それを「思想」や「真理」として語ってはいない。それというのも、この「皮肉」は、なによりも「真理が逃れ去って行く[72]」という「皮肉」であるからだ。彼は「真理」を追求する。しかし、それを超越的なイデアの世界の裡にではなく、己の生とまったく分離していないものとして求めている。それは「真理」そのものから、皮肉ないことに、自らが逃げてしまうことなのである。彼は救済を願いながらも、しかしなによりもこの現実の地上において救済されることしか望みはしなかったのである。こうして、ボードレールの詩は美をも、もはやイデアルなものとしてではなく、まさに悪と結び付いた地上のものとしてしか把えられることのない地平、理想的な円としてではなく、「各人の貧しい自我――つまり切れた線[73]」として存在が現われる地平、そうした現実というものの真に根源的な地平を、その果敢な冒険によってはじめて正当に展開しているのだと言えるだろう。そして、それは、そこにおいてこそ「人間」というものの在りのままの存在、人間の生の現実的な根拠が明かされるという意味において、道徳の地平でなければならなかったのである。だから、もしわれわれがボードレールにおける道徳を、精神的な貴族主義とか過剰な自意識とかとしてしか解せないのだとすれば、そのときわれわれは、地上の乏しさのなかに置かれた人間存在の逆説的な構造に対する極めて現代的な、かつ根源的な彼の冒険の豊かな成果、そのほとんど大半を見失ってしまうことになるだろうし、『悪の華』を貫いている存在と言葉の、存在論的次元における、厳密な相関関係を正当に理解し得なくなってしまうことになるのである。

第3章

「太陽も死も直視することはできない[1]」と、ラ・ロシュフーコーは語っていた。純粋な生を己のものとして取り戻そうと試みたボードレールは、その己の生の最中に死というこの「新しい太陽[2]」を見出し、それを直視しなければならなくなる。死は絶対的な生、純粋な生の不可能性である。われわれが日々刻々と生き、引き受けている生とは、ただ単に将来の何時の日にか死ななければならないというばかりではなくて、瞬時己の死に結び付けられ、その死を生きなければならない。内側からも外側からも本質的に死の脅威に晒され、死に蝕まれているような生でしかない。それが真に「人間」というものの根源的な宿命なのである。現実、あるいは生活は、文明が「原罪」に対して盲目であるのと同じように、この死に対する盲目性によってはじめて成り立っている。詩、そして照応(コレスポンダンス)によって、現実や生活の手前で、もっと己の存在そのものに近いところで、生の純粋な輝きを見詰めようとしたボードレールは、死を直視することなく生そのものを正視することができないという地点で、あらゆる楽観的なイデアとしての「人間」像とは袂を分かった、単なる表徴や思想ではない「人間」を生きなければならなかったように思われる。死は彼の夢を打ち砕き、彼の希望を根絶やしにする。プレザンスそのもののなかに死が孕まれており、回想のパースペクティヴは死のパースペクティヴ[3]と重なり、そして照応にも死の影が射している。この根源的な領域においては、生を生きることは、そのまま死を生きることにほかならない。「わたしの魂もまたひとつの墓場[4]」、あるいは「墓はいつでも詩人を理解する[5]」と、ボードレールは繰り返し語っている。詩人は己の生を死によって覆われてしまったもの、死を通してしか触れ得ないものとして把えている。照応の光景は墓場の光景であり、詩人もまたそこでは墓である。詩人と墓との密接なアナロジー、そしてそれは詩そのものに関しても言われなければならないだろう。声という純粋なパロールの可能性そのものの内部に亀裂が走っているということ。すなわち、パロールもまた根源的にエクリチュールであること、そのような議論をたとえ無視するとしたところで、もっと直接的にも、感覚と一体となった方向としての親密な意味が持続的に保存されるわけにはいかないのだから。意味するものはすぐさま意味されるものに必然的に送り返されてしまうだろうし、詩のパロールはなによりもまず詩人によって書かれなければならないだろう。いずれにせよ、墓場が、そこに埋められた決して二度と生きられはしない生の想い出を、その臭気のように立ち昇らせている。それと同様に、詩が生々としたパロールを刻み込ませており、また新たな声によってそのパロールを想い出として甦らせているとしても、詩は、パロールの死、パロールの墓場であるエクリチュールとしてしか存在し得ないのである。この事実は、己の根拠に対する盲目性の上に安住してしまうような詩人は別にしても、ボードレールのような生の根底に抒情詩の王国を建立しようとする詩人にとっては、抒情詩そのものの危機となってしまうであろう。だが、われわれがすでに述べてきたように、この危機は決して回想によっては乗り越えられない。想い出は、ボードレールにおいては、悔恨とともにしか現われはしないのである。結局、ボードレールの冒険の一切の危機は、死の乗り越え難さへと収斂してしまう。生の只中に死が君臨しており、いかなる営みによってもこの死を回避したりそれを超越したりすることはできないこと、それどころか、この死によってこそはじめて、生とか自我とかパロールといった概念が可能になっていること。それがボードレールの冒険を救いなき破綻へと追いやるのである。

死の乗り越え難さ、――しかしながら、そのとき、ボードレールの詩のなかで、一種の転回が起こりはしないだろうか。すなわち、詩人のすべての夢や希望を挫折させてしまう死が、今度は逆に詩人にとっての唯一の希望、唯一の慰めとして現われてはこないだろうか。彼は書いている。

慰めるものも、ああ！　そして生かしめるものも「死」、
これこそ生の目的、これこそ唯一の希望。(6)

「目的なしに存在しない[7]」はずのものに目的がなく、存在の根拠は深淵にすぎないという目的や根拠の欠如そのものが、ここでは目的となり、希望となっている。生の否定性そのものが、その生の唯一の慰籍となってしまうという逆転。すでに不断の「痛み」と化してしまっているこの生、「傷」としての存在から逃れる道は、ただひとつのこの苦痛の坩堝を全面的に否定してしまうこと以外にないのである。死、それはあらゆる苦痛の忘却であり、絶対的な平穏、永遠の休息、そして決して目覚めることのない忘我であるだろう。生において許されていなかったすべての事柄が、死においてこそ許される。地上のいかなる旅にも幻滅を見出していた詩人にとって、死だけが唯一の「この世の外（out of the world）」なのである。墓場は、生の冒険の敗北として詩人の究極的なアナロジーとなるばかりではなく、その絶対的な静謐において、常に詩人にとっての憧憬の対象となるだろう。そして、それればかりか、腐っていく肉、腐敗していく屍体の光景すらもが、彼に秘められた快楽を与えないわけではないだろう。実際、例えば「香水壜[8]（Le Flacon）」が物語っているように。香料によって表わされているような永遠の照応、否定なき「超越者なき超越」に己の存在を変貌させるためには、死というペストのような病、猛毒のようなその力に頼る以外はないだろう。腐乱の光景は、死後の照応を約束する。蛆虫に這い廻られ、暗い地面の下で腐っていくことまでを含めて、死は詩人の希望となっている。それは最後の希望であり、しかももっとも普遍的な救済である。死を前にしては、いかなる特権もその効力を失ってしまうだろう。それは「裸の貧しい者たちの寝台[9]」をも平等にしつらえてくれるだろう。死は、各個人のもっとも固有なものであり、各人はいずれも誰のものでもない己の死を死ぬしかないのだが、しかし、誰ひとりとして死を避けることができないのであるとすれば、また死ほど普遍的なものもない。死への希望は、己の固有性と人間としての普遍性との完全な一致への希望でもある。ボードレールは、「妄執」[10]のなかで「今はもう世にない幾千の人々」が自分の「目から迸り出て」、赤裸な暗黒である「空虚」に「生きている」という経験を書き記している。これは紛れもなく彼の死への夢である。ここにあるのは決して回想というような客観的時間を介在させた過去の、取り返し得ないままでの想起ではない。それはもっと直接的な死者たちとの触れ合い、詩人の己の死を通しての死者たちとの交流である。ここには夢想と孤独との二律背反、自己と他者との二律背反はあり得ない。死においてこそ、夢想はそのままで行動となるのである[11]。死の絶対的な乗り越え難さは、こうして、死の絶対的な普遍性と転ぜられ、詩人はこの死を我がものとすることによって、最後の希望を語り、最後の反逆を試みるだろう[12]。

『悪の華』の至るところで、われわれは、絶対的な生の確立が挫折し、そしてそれがその挫折をもたらしていた当の否定性、つまり死の絶対性への希望の委託へと転回していく過程を見出すことができる。確かに『悪の華』は一種の死への讃歌をなしていると言えないことはない。しかも、われわれは初版の『悪の華』が、死を「新しい太陽」と呼んで、死へ最後の希望を託している「芸術家の死[13]（La Mort des artistes）」によって閉じられ、また再版の方も、「旅（Le Voyage）」と題された詩、そのおお「死」よ、老いたる船長よ、さあ時だ！　錨をあげよう！
この国にわたし達はもう飽きた、おお「死」よ！　帆をひろげよう！
たとえ空と海がインクのように黒いとしても、
お前が知るわたし達の心は光に満たされている！

わたし達に力をつけるため、お前の毒を注いでくれ！
この焔が脳髄を焼くほどに、わたし達は願う、
深淵の奥深く沈み行くことを、地獄であれ、天国であれ。
「未知なるもの」の奥底に、新しきものを見出すために[14]！

という「死」に向かっての壮絶な、雄大な呼びかけによって結ばれていることを知っている。この呼びかけは、「虚無の味」最終行に見られる「雪崩よ、その一撃にわたしをさらってはくれないか？[15]」というような弱々しい調子、絶望の彩りを敢然と払い除けている。「死」という最後の希望に向かって、「新しきもの」の発見の期待に胸をふくらませて、まっしぐらに駆けていく詩人、それがこの詩集一巻を読み終えたわれわれの脳裡に刻み込まれる像である。ボードレールの生は死によって敗北する。だが、その死を、その宿命を逆に唯一の絶対的な希望として引き受けることによって、その生は輝くものとなる。おそらく、それこそが『悪の華』が語る乏しき人間のための「恐

るべき道徳性」かもしれない。こうして『悪の華』の詩人は死ぬ。絶対的な死が君臨しはじめる。

――しかしながら、われわれはおそらく、ボードレールにおけるこの「死」の絶対性をあまりに過度に強調するべきではないだろうし、またボードレールの読解をここで停止してしまうべきでもないだろう。それはなにも『悪の華』を編み上げたボードレールが現実的にも、また文学的にも死を迎えなかったという事実によるのではない。そうではなくて、実は絶対的な死も、絶対的な生と同様に、不可能だからである。絶対的に生きていることは、絶対的に死んでいることにほかならず[16]、生の絶対性の崩壊は、死の絶対性をも危うくしてしまう。死は不可避的に到来するものでありながら、常に未だ来ざるものであり、また生の只中にあって生を否定したり、その純粋性に亀裂を産み出したりしながら、決して死そのものとして現われてくるわけではない。その限りでは、死はイデアとして、イデアとしてしか存在し得ない現実的な力なのである。むしろ死こそがあらゆるイデアを可能にしているのだ、と言ってもよいだろう。確かに、死だけが唯一現実とイデアとを媒介しているのである。だから、絶対的な死の領域にあっては、生において挫折していたあらゆるイデアが、生というイデアまでが、甦ることになるだろう。「世界のすべてのものが、そこに到達するために存在している」ような「一冊の書物」[17]への夢が語られるのは、ここにおいてである。マラルメは、まさしく『悪の華』が終わったところからはじめているように思われる。マラルメにおけるエクリチュールの主体は、もはや「傷」として存在している〈私〉ではなく、〈私〉の死以外のなにものでもない非人称である。「しかし幸にも、私は完全に死んだ[18]」と、彼は書き記す。ボードレールのもとで一度死んでしまった抒情詩、あるいは韻文詩を、〈私〉の死という非人称的な普遍性のもとに再び根付かせ、一篇の詩をイデアの花として再び咲き誇らせること、マラルメの詩的実験の一切はそこに掛かっているように思われる。マラルメは、生を踏み越えて、死のなかに下っていく。だが、それは決してボードレールが知らなかった一歩であるに違いない。『悪の華』がどのように読まれるにせよ、そこで生と切り離された絶対的な死の純粋性が祀られていると考えることだけはできないだろう。ボードレールにおいては、死は、常に生との差し向かいを通して、しかも生の側から直視されている。死の乗り越え難さは、あくまでも生における死の乗り越え難さであり、死そのものというイデア性のなかに自我や生を解体し、消滅させてしまうことは、決して死を乗り越えたことにはならないだろう。「旅」の最後、そして『悪の華』という旅の最後にしても、詩人は生を生たらしめている死の力、死の毒を我が身に引き受け、それとともに生きること、その途方もない決意を語っているにせよ、彼はやはり死そのものの手前に留まっているのである。例えば、「旅」の直前に置かれた「知りたがる男の夢（Le Rêve d'un curieux）」では、ボードレールは、夢という仮構を借りて、己が死んでしまう経験を書いている。

遂に、冷然たる真理は姿を見せた。

驚きもせずわたしは死んだ、そして恐ろしい夜明の光が、

わたしを覆い尽くした。——何と、ただこれだけのことなのか、
幕はあがっていた、そしてなおもわたしは待っていた。[19]

死そのものは、「ただこれだけのこと」にすぎない。そこには、「死につつある」ときの、「鋭く」しかも同時に「甘美」な「苦痛」[20]は少しもない。死そのものという「真理」は、ボードレールの存在を少しも満たしはしない。これが、ボードレールにおける死のもうひとつの顔である。われわれは、死そのものは存在しないと語ってきた。「死につつあること」、死へと向かって行くこと、死の力はそこにしか現われない。完全に生と切り離された死そのものは、すでにあらゆるその力を失ったイデアにほかならない。そして、イデアは、少なくともボードレールにとっては、いかなる救済にもなり得ないのである。「超越者なき超越」——このプロブレマティックに対して死もまた十全な解決をもたらすわけではない。死はむしろこの問題そのものを破壊し、それを解消させてしまうだけである。だから、死という決して乗り越えられない最終の超越者が唯一の希望となるにしても、この希望はイカロスの太陽の希望である。すなわち、死という太陽に向かって、瞬時「己の翼が砕けていくのを感じ[21]」ながらも、宿命的に飛び続けること、その純粋な超越の運動のままに留まること、そうしたいかなる代償も救済も要求しない非望なのである。別に言い換えれば、死の希望によって、その力によって、あるいはその毒によってこそ、ボードレールはこの「超越者なき超越」に留まり続けようとするのであって、いま「完全に死」ぬこと、そして純粋なイデア性の領域を打ち

立てること、それが彼の希望なのではないのである。このような意味では、死の絶対性への夢は、あらかじめ裏切られることが分かっている夢である。この希望はそれが叶えられる瞬間にすべてを無に帰せしめてしまい、またその死そのものに向かっているあいだは、生を救うというよりは、むしろ瞬時死と結び付き刻々と「死につつある」生の悲惨な現実を直視させるからである。このような死の瞞着、それを洞察するためにはボードレールには幾枚かの「人体解剖図」でもあれば、もうそれだけで充分であっただろう。

墓穴のなかにいてもなお
約束された眠りは確かではないことを
わたし達に対して「虚無」も裏切り、
すべてが、「死」すらもが、わたし達を欺くことを。(22)

「死」もまたわれわれを欺く。「死」が約束していたはずの永遠の眠りも、決して確実なものではない。ボードレールにとって死が約束していた最大の希望が、この目覚めることのない睡眠の裡にあったことは、疑う余地もないだろう。むしろ、彼にあっては、「死」の方が睡眠の特殊な一ヴァリエーション、ある意味ではその最高の形態として現われてきているように思われる。「諦めよ、わが心よ、獣の眠りを眠れ」[23]、あるいは「なにも知らず、なにも数えず、なにも望まず、なにも感ぜず、眠ること、ただひたすら眠ること。それが今日、わたしのたったひとつの望みである」[24]、――彼が睡眠に対する激しい羨望を語っている箇所は、枚挙するに暇もない。実際、睡眠こそ、生と死との完璧な一致、つまり生ける死であり、また照応のもっとも具体的な実現であるのではないだろうか。眠りにおいて、人は限りなく己の生に接近することができる。そこでは自我は完全な忘我の裡に安らっており、そこには自己を自己から引き離すいかなる他者も忍び込んではこない。眠りは己の存在のほとんど完全な忘却なのである。しかも、それにも拘らず、あるいはそれ故にこそ、想像力は外的な制約から解き放たれて、生々とした自発性を発揮し、そして「自らの火に燃えて」[25]輝く夢の世界を繰り拡げる。「眠りは奇蹟に満ちている！」[26]、だがこの「奇蹟」はただ単に受動的に詩人に与えられているだけではない。詩人は自らの「思いのまま」[27]にこの奇蹟的な光景を創り上げもするのである。夢は、ボードレールにおいて、想像力の能動的な所産であり、またそれ故に、詩にとってのもっとも理想的なモデルなのである。こうしてボードレールもまた、「夢は第二の人生である」[28]と語る『オーレリア――夢と人生』のネルヴァル、『マルジナリア』のポーなどとともに、夢という非現実の世界に現実世界を超えた生の深い意味を見出し、それを己の文学的営為の至上の糧とした十九世紀の詩人達の星座、その一員を占めているのである。だが、ボードレールが、この眠りという生と死との一種の和解の世界、夢という純粋なイマージュの恍惚の世界に充足してしまったとすれば、ボードレールはボードレールではなかったことになるだろう。夢や記憶によって結ばれた詩人達の星座のなかでのボードレールの特異性、それは、彼が眠りが危険なものとなり、夢が危機となるところにまで、その可能性を徹底して追究した点にこそ求められなければならない。すなわち、われわれがこれまでに語ってきた照応の破綻は、生の土壌の上でのその最後の砦とも思われる夢のなかにも見出されることになるのである。言うまでもなく、この破綻は、夢の世界から人は目覚めざるを得ないというような単なる外的な契機に導かれているものでもなく――もしそうであれば「死」が真実すべての問題の解決となってしまうだろう――、また詩人の知性と狂気との均衡の崩壊に基づくようなものでもないだろう。ここでもまた、夢そのものが危機となるのである。「毎晩の不吉な冒険である睡眠については、人々は毎日大胆さをもって眠りにつくのだ、と言えるだろう。この大胆さは、それが危険に対する無知の結果だということを知らないとすれば、まったく理解し難いものである[29]」と彼は書き付ける。そして、「ただひたすらに眠る」ことだけを激しく望んでいた詩人がついには、「わたしは眠りが怖い[30]」と歌うのである。「夢」もまた「深淵[31]」にほかならないからだ。快楽と苦痛との二律背反は夢の世界をも襲っている。眠りはまさしく「不吉な冒険」であり、決してイマージュの、また生の安全圏ではない。それはまた、あの存在の「傷」がぽっかりと「大きな穴[32]」を拡げるひとつの舞台にすぎないのである。そして、詩として表わされた夢のなかにも、この「傷」は色濃くその影を落としているだろう。

色褪せた肘掛椅子には、年老いた娼婦たち、蒼ざめた顔、描いた眉、不吉に媚びた暇。
作り笑いの口もと、そして痩せた耳からは、
宝石と金属との響き合う音をしたたらせて。

緑の羅紗台のまわりには、幾つかの唇のない顔、
色のない唇、歯のない顎、
そして、からのポケットや動悸する胸をまさぐる
地獄の熱病に震えている五本の指先。

汚れた天井の下に蒼ざめた燭台が一列、
そして、血まみれの汗を使い果たしにやって来た
名高い詩人たち、その暗い額に仄かに光を投げる
途方もなく大きなケンケ灯。

これがある夜の夢のなかで、すべてを透視する
わたしの眼のもとに繰り拡げられた暗黒の光景（タブロオ）、
物音もしないこの洞窟の片隅に、わたし自身、

寒そうに肘を突き、黙りこみ、羨んでいるわたしを見た[33]

「賭博（le Jeu）」のはじめの四節である。原文の方を参照すればすぐにも分かることであるが、最初から三節までの文章には主動詞がひとつもない。われわれが眼に見えているものをひとつずつ数え上げていくときのように、ここにはただ事物の羅列だけがある。すなわち、「わたしは見た（Je vis）」というような表現が省略されているわけであるが、しかしこの省略は単なる偶然ではない。夢の世界では、その夢を見ているはずの〈私〉は、決してその見る行為の主体として確立され得ないだろう。その意味では、夢はまさしく〈私〉の死によってはじめて成立する世界なのである。夢において主体は不在である。そして、それは確かにそこで繰り拡げられるイマージュを一層純粋なものにしている。主語と動詞との省略によるこの羅列は、それ故に、この詩に美事に夢としてのリアリティーを与えている。だが、それだけではない。この羅列は、肘掛椅子――娼婦たち――その顔――眉――眼――口もと――耳――耳飾りというその続き方の裡に、はっきりと眼差しそのものの運動を浮び上がらせているのである。例えば、まずはじめに「緑の羅紗台」を囲む人影という全体の光景が大きく捉えられ、次いで焦点が絞られていくように人々の顔が注視される。「唇のない顔」――そして眼差しはそれを訝るかのように唇のあたりをもっとよく見ようとする。「色のない唇」――それればかりか、その唇のなかに歯がないことまでをそれは確認し、今度は少しカメラを引くような具合に顎のあたりを全体的に見、そして一転、ポケットや胸のあたりで引き攣ったように震えている指へと移動していく。「暗黒の光景(タブロオ)」の叙述は眼差しそのものを刻み込んでいる。眼差しのレトリックこそが、この詩の統辞法（syntaxe）である。しかしながら、この眼差しは誰の眼差しでもない。少なくとも、はっきりと主体として確立された〈私〉の眼差しではない。それは、存在なき視覚、主体なき視覚であり、言わば、〈私〉の死という非人称そのものの眼差しなのである[34]。主体の不在における純粋な眼差し、それは確かに照応の快楽を保証してくれるだろう。だが、おそらくそのためには、この〈私〉の死という事実そのものが無視されていなければならないのではないだろうか。夢が夢だと分かったときには、われわれは夢から覚めなければならないわけであり、それと同じように、〈私〉の死そのものが認識されてしまえば、そのときは現実的な〈私〉が復活せざるを得ないだろう。ところがボードレールのこの夢の光景は、すでに述べたように、この主体の死そのものを刻み込んではいないだろうか。主語と動詞との省略による羅列は、この光景に夢としてのリアリティーを与えると同時に、皮肉なことにそれ故にこそ、これが夢でしかないという不安や苦痛を暗示し、あるいは〈私〉の死そのものを発散させているのではないだろうか。事実、この光景(タブロオ)を構成しているものの一切は、すでに不健康な、病的な雰囲気を醸し出している。「描いた眉」、「金属の耳飾り」といった極度に人工的な装飾。生気を失った「蒼ざめた顔」、「年老いた娼婦たち」。そして。「唇のない」、「色のない」といった不在による事物の標示。すべてが全体的な麻痺の印象を作り出しており、そのなかで唯一動いているように見える指にしても、それは、死を直前に控えているかのごとき「地獄の熱病」に取り憑かれた痙攣にすぎないのである。しかも、

「物音もしない」はずのこの夢の世界の内部で、娼婦たちの耳飾りは、奇妙に乾いた金属の音をたてている。初版の方では、この音ははっきりと「振子時計の厭らしいちくたく[35]」の音として書かれている。すなわち、夢の内部ですでに、「数」に分割された時間が確固として刻まれている。夢は、夢の崩壊の明白な徴候、現実的な客観的時間の侵入の予兆を携えているのである。夢は内部から崩壊しかかっている。死を分泌しながら、夢は、夢の死そのものに傾いて行く。そして、この光景のなかに〈私〉自身が現われる。だが、これは夢の経験としては極めて異常なものである[36]。「太陽」と並んで、「自分自身」は、尋常の体験においては、決して夢見られることのない対象だからである。太陽夢、あるいは「自分自身」の姿を見るという分身体験は、精神病理の範疇に属するものとされている。もっともいま、われわれにとってはボードレールの精神病理的な性向を穿鑿することが問題なわけではない。それよりも、こうした「自分自身を見る」という鏡によって具体化されるような距離を置いた「自己自身への現前」の回路が、やはり夢のなかにまで立ち現われてしまうということ、見る〈私〉と見られる〈私〉とのあいだの亀裂、すなわち夢という純粋な内部のなかに外部が侵入してしまいその亀裂が夢そのものを崩壊させてしまうということ、それが問題なのである。夢による忘我もまた破産させられてしまう。夢の中の「自分自身」は一挙に、夢を見ている〈私〉の死そのものを顕在化させ、そして再び〈私〉をその存在へと連れ戻してしまう。そのとき、夢はすでに、〈私〉の純粋な内面性の只中での外部性の経験、「大きな穴」のような、「洞窟」のような傷口の光景以外のなにものでもないだろう。

こうして、夢や眠りもまた、存在という「傷」を露にする「不吉な冒険」となる。そして、この夢の不吉な徴候は、例えば「パリの夢（Rêve parisien）」のように夢の造形が極めて首尾よく行われ、そのイマージュに詩人が酔い痴れている場合にも、すでに潜在的に現われてはいないだろうか。ヒエロニムス・ボッシュの《快楽の園》あるいは《ヨハネ黙示録》[37]などを思わせる、動物はおろか植物までを欠いた金属と宝石とだけで創られる光景は、明らかに「無数の鏡[38]」の反映の世界であり、その燦めくばかりの装飾も、娼婦たちの人工的な化粧と同じく、どことなく病める自然の表面的な装飾を思わせる。この「生ある者が見たこともない恐るべき風景[39]」は、確かに時間による変質を蒙らない永遠の風景ではあるが、しかしそれ故に、それは死んでしまっている風景であり、その極度の人工性を通して死を分泌しているようである。しかも、この夢の最中で、詩人は、夢における物音の不在、すなわち現実の不在そのものを認識しているのである。「そしてこの躍動する驚異の上に、永遠の沈黙が天翔った[40]」――そして、その瞬間に夢は破れるだろう。詩人は再び、「振子時計の陰気な響き[41]」が支配する現実へと送り返されねばならないだろう。この詩の真の主題は、やはりボードレールの他の詩と同様に、存在とイマージュの世界とのあいだの落差、そしてイマージュの冒険によって一層深く傷つけられた存在の「傷」、すなわち第一部と第二部とのあいだの距たりにこそあるのである。ボードレールにとっては、夢を語ることは、夢の快楽を語ると同時に、なによりも夢における危機、夢の崩壊を語ることであり、決して超越し切れない己の存在、また現実というものの途方もなく強大な暴力を語ることにほかならなかった。

――ああ！「数」と「存在」とから決して抜け出し得ないとは(42)！

「深淵（Le Gouffre）」の末尾、これこそがボードレールのすべての詩、すべての行為の絶望的な収斂点である。照応も、詩の親密なパロールも、そして死の希望すらもが、この断言を準備し、この断言へと詩人を追いやっている。それらは、高々この断言への迂路にすぎないかのようであり、また詩人は、それらを通して束の間の快楽を味わわないわけではないとしても、その快楽は常に不安や苦痛と共存している快楽であるのだし、まるでこの断言を確認するためにこそ、それらが生きられているかのようである。その限りでは、ボードレールの詩の構造は極めて簡単であり、それはほとんど貧しいと言うことができるほどである。だが、この貧しさこそ、ボードレールの「存在の冒険」の驚くべき誠実な一貫性をこそ物語るものであろう。われわれは、またわれわれの生は、絶えず己の存在を超越しようと試み続けるのであるが、しかし決して存在を抜け出すことはできない。そして、夢という純粋な内面性の可能性、生と死との和解による超越的な生の祝祭の可能性すらもが、例外なく、まるで存在の強力な引力に惹き寄せられたかのように崩壊し、存在という「傷」を赤裸に明るみに出すことになるのである。それどころか、夢こそがもっとも直接的に、この存在に囚われている己自身を見せてくれさえするのである。

壊滅の前徴。ペラスギ風の巨大な建物が互いに重なり合っている。住宅、部屋、寺院、柱廊、階段、袋小路、物見台、街灯、泉水、彫像のかずかず。――ひび割れ、亀裂。天に届きそうなところに置かれた貯水槽のために起こる湿気。――どのようにして、人々に、国民に、知らせようか？――もっとも賢明な者たちの耳に知らせよう。

遥か高いところで、柱がひとつ裂け、その両端が動く。まだ何も崩れてはいない。わたしは出口を見付けることができない。わたしはくだり、次いでまた登る。ひとつの塔。――迷宮。わたしはどうしても抜け出せなかった。わたしはどんな場合にも、崩れかかっているこの建物に、秘密の病に犯されたこの建物に棲みついてしまっている。――わたしは、気を紛らわせるために、心のなかで、互いにぶつかり合おうとしているかくも夥しい量の石や大理石、彫像や壁が、数限りもない人間の脳みそや肉、引き割られた骨とで、ひどく汚されてしまうかと推し量ってみる。わたしは、夢のなかに、このように恐ろしいものばかりを見るので、もし余りにも疲れすぎてしまうことが確かにないのなら、時にはもはや眠りたくないと思うのだ。[43]

散文詩のプランのための断片のひとつである。絵画の場合と等しく、言葉の領域においても、屡々未完成のデッサンは、完成されたタブローには見られない生々とした直接的なイマージュを鮮やかに描くものである。この夢のデッサンほど、根源的な病に犯され、無数の亀裂によってひび割れ、瞬時崩壊の危機に晒されている存在、そしてそこから「決して抜け出し得ない」ボードレールの生の輪郭をはっきりとした、強いタッチで描いているものもないだろう。「パリの夢」に現われていた宝石や大理石や金属の壮麗な建築物の光景は、ここでは崩壊寸前の危機的な光景に取って換わられている。想像力が練り上げた美しい夢は、一転して悪夢へと転じてしまう。これがボードレールの想像的世界の宿命的な軌跡である。あの「ただひたすら眠る」という激しい願いから、この断片の最後に記された「もはや眠りたくない」までのあいだに、睡眠という「不吉な冒険」の全行程がある、とわれわれは言うことができるはずである。ボードレールは、こうして常に己の存在に立ち還ってくる。あらゆる希望、あらゆる理想は、詩人をその存在の「傷」に送り返すだけであり、結局は詩人を裏切り、挫折してしまうだろう。純粋な生も、そして純粋な死も、また他者という非 - 固有なものを介入させない純粋に固有な自己も、すべては根源的に不可能なのである。存在とは、内からも外からも死に取り憑かれた毎瞬ごとに死に続け、死につつある生であり、いかなる形においても純粋な固有性を確立し得ない、宿命的に他者へと関係付けられた自我であり、己が己自身へと完全に一致することができない、忘我を奪われた〈私〉であり、結局は文字通り致命的な病、「深淵」という「傷」なのである。ボードレールは、散文詩のプランのための別な断片で、「忘れていた過ちのゆえの、死刑宣告」[44]というまったくカフカ的世界[45]を思わせる夢を書き残しているが、存在こそ、忘れられてはいるが、しかし決して取り返し得ない、償い得ない「過ち」であり、死へと運命付けられた根源的な「原罪」[46]なのではないだろうか。存在——ある意味では、これほど自明なものはないはずであるのだが、しかしこのもっとも乏しい現実こそが、「人間」にとっての最初にして最後の領土であり、しかもそれ自体は余りにも「知られざる土地」のまま放置されていたのではなかっただろうか。ボードレールはこのようにして、哲学や思想とはまったく絶縁したところで、この存在という荒野を秘かに冒険し、まるで「傷」を開くように、そこに詩の花々――「病める花々」――を咲き開かせたのである。それは、確かに天上の理想の花々、つまりイデアの花々ではなく、そのイデアの挫折、理想の不可能性そのものを告知している「憂愁」の花々、「悪（病）」の花々でしかなかった。しかし、そのどの一輪も、それ故に、いかなる超越的な根拠によっても支えられてはいない、その限りでは底無しの「深淵」にほかならないのだが、しかしあくまでも「人間」のものであるこの存在の地平に根付いているのである。そして、この地平こそが、『悪の華』が切り開いた現代性の地平であるだろう。皮肉なことに、だが存在そのもののアイロニカルな構造からすれば必然的に、この地平は、生やパロールや夢、つまり照応の破綻、また詩、少なくとも抒情詩の破綻、顕在的であれ、潜在的であれ、そうした破綻の危機を通してしか浮かびあがってはこなかったのである。それというのも、なによりも裸の存在そのものが、はじめから不断の危機以外のなにものでもないからであるだろう。ボードレールにとっても、そして現在のわれわれにとっても、存在は決して癒され得ない「傷」なのである。

＊

「傷」――生のなかの死、内部のなかの外部、自己のなかの他者、あるいは自己と自己との距たり。

純粋性の夢も、固有性の夢も、あらゆる救済は崩壊する。確かにこの存在の病から脱出するためには、文字通り完全に死んでしまう以外にはないだろう。あるいは、これも同じことなのだが、完全に発狂してしまうしかないだろう。また確かにボードレールは、パリの街角で首を襤褸布で縊らなければならなかった詩人[47]と同様の運命、己の存在そのものを徹底して冒険しなければならなかった真摯な詩人達に共通な運命をその身に背負っていた。ボードレールは「死を選んだ[48]」と言うのなら、それも決して間違っているわけでもないだろう。だが、それも、あくまでも彼が生を選び続けようとしたその限りであって、彼は己の生が死へと宿命的に関係付けられていること、彼自身の詩句を借りれば、「微妙な鎖によって、屢々生よりもなお死はわたし達を捕らえている[49]」ことの認識を通じて、生の只中の死、あるいは絶えず死につつある生を明るみに出したのである。この死、それはほとんどなしくずしの死の相貌を呈しているのだが、それこそが「真の死」なのである。だから、重ねて言わなければならないが、ボードレールの詩から、生と分離した死だけを抽出して、この死という「傷」を負った生を無視して、死の絶対性、死の不可侵のイデア性を祀るのだとすれば、そのとき人はボードレールから離れはじめているのである。ボードレールは、確かに死を見詰めるという空前の行為を詩に課した。いや、課さざるを得なかった。しかし、「ただ死のみが喪われた人間の統一を再形成する[50]」というような意味での死のイデアは、ボードレールの詩のひとつの発展であるとはいえ、すでにボードレール自身を通り過ぎてしまっているのだ。なるほど、この言葉はあるいはマラルメにとってならば、ふさわしいだろう。だが、ボードレールはこの言葉の直前に踏み留まっていたのではなかっただろうか。ボードレールは死を選んだ。しかし、その死をイデア化して、それによって救済されようとはしなかった。もっとも、われわれとしても、『悪の華』が、死という希望、死という最後の救済の可能性を物語っていることを否定するわけではない。確かに、この詩集は、いわばそのように読まれるように仕組まれている。だが、死の希望を語るボードレール自身が、生の土壌の上にやはり立脚し続けていることを、われわれは忘れるわけにはいかないだろう。ボードレールの生と死との弁証法をわれわれは最後まで見届けなければならないのだ。言うまでもなく、ボードレールの詩を貫いているこの生と死との根源的な対立が、なにか別のものによって統一されたり、止揚されたりすることを期待しても無駄であろう。それは、死そのものによってすら決して統一されはしないのだ。統一も不可能、救済も不可能である。だが、この極限的な地点で、ボードレールは、ひとつの本当の転回、真の飛躍を成し遂げたのではなかっただろうか。すなわち、この死に喰い破られた生を、そして救われようもなく分裂した「傷」としての存在を、つまりイデアなき現実をあるがままに引き受けるという転回、飛躍。――それは、確かに人の目を驚かすような類の転回ではないかもしれない。むしろ飛躍というよりは、一種の衰弱、あるいは受動的な敗北のように思われるかもしれない。しかしながら、このときボードレールは死というイデアそのものを突き抜けたのである。そして、生や死の純粋性といった内的な問題による呪縛から、その問題の解き難さそのものを身に引き受けることによって解き放たれ、真に他者がそこで生きている世界、都市という現実へと己を開いていくのである。すなわち、この転回はなによりも他者への、そして世界への転回であり、イデアルなものへと方向付けられた領域から、現実世界への方向転換なのである。

そしてわが心は、彼等を羨んでいる己自身を恐れた、
熱に駆られて口を開けた深淵へと走り込み、
自らの血に酔っては、とどのつまり、死よりも苦悩を、
虚無よりも地獄を選ぶあの大勢の哀れな彼等を羨むとは[51]！

先に引用した「賭博」の末節である。ここにはすでに、この重大な転換を惹き起こすひとつの萌芽が現われている。この場面では、詩人は賭博に加わってはいずに、ひとり片隅で、熱狂に取り憑かれた男達を眺めている。「賭博」が、生の、それも現実的な人生のメタフォールであることは明らかだ。「火箭」のなかで、ボードレールは「人生には真の魅力はただひとつしかない。それは賭博の魅力だ」と書き、次いで「だが、もしもわれわれが勝ち負けに無関心だとしたら[52]？」と続けている。人生における快楽や魅力は、すべて賭けの魅力に集約されている。そして、この人生という賭け、その骰子の一擲は、疑いもなく、あの秒の衝撃によって召喚されている。すなわち、賭けの快楽は、ボードレールにとっては、瞬時、この「数」に分割された恐るべき時間を向うに廻して、己の生を賭けるところにこそあるのである。しかしながら、例えそこに一瞬の快楽があり得るのだとし

ても、われわれは決して勝負に勝つことはできない。

> 思い出せ、「時」は貪欲な賭博者、
> 策を弄せず、打てば勝つ！　それが掟だということを[53]。

詩人は一切を見抜いている。われわれの生は本質的に「時」によって盗まれてしまっている。賭博者達や娼婦達の快楽も、詩人の眼には、表面的な、人工的なもの、「時」によって敗北させられ、己の死へと引き渡されようとしている痛ましい生をただ取り繕うものでしかない。彼等の熱狂は、「地獄の熱病」の痙攣にすぎない。だが、それにもかかわらず、詩人は、これら「哀れな彼等を羨んでいる」のだ。実際、詩人は決して、この生の悲惨さを超越した幸福を勝ち得ているわけではない。彼もまた、己の生の純粋性や固有性を奪われ、「時」によって引き裂かれた地獄の存在にほかならず、彼等と同じように、死に至る病に取り憑かれているのである。それどころか、この致命的な病を徹底して自覚している分だけ、彼等以上に詩人は痛ましく、惨めであり、不幸であるだろう。詩人もまた賭博者であり、ただひとり孤独な賭博者なのである。詩人は、「時」だけを相手にして、己の生を賭け、そして例外なく勝負を失う。照応は破綻し、「生ける現在」はひび割れ、その果てに、彼は「死ね、もう遅すぎる[54]」という悲痛な「時」の宣告を聴かなければならない。これが詩という賭けの「掟」なのである。この賭けの支払いは極めて高くつく。生の破綻は、詩人に死を強要する。そして、ボードレールは、むしろ己の方からこの死を選ぼうとするのだ。この詩的な逆転は、確かに「希望」と呼ぶに値する一筋の輝きを放っている。だが、それはまだ「大勢の哀れな」人間達の希望ではない。詩人は孤立しており、哀れな賭博者達の群れから遠く離れている。しかも、死の希望、あるいは虚無の選択という本質的な孤独こそがもたらす一種の特権性を身に携えながらも、なお、詩人は己の根源的な宿命を知らないこの哀れな賭博者達を羨望の眼差しで見やっているのである。詩人もまた、本質的に賭博者であるのならば、詩人とこの緑の羅紗台を囲んだ賭博者達とのあいだには、己の存在に対する自覚の有無の相違しかない。だが、この相違は決定的であって、それは、彼等には許されている束の間の存在の忘却や他者との現実的な交流を、詩人には禁じてしまうのである。これが詩人の羨望の一因である。だが、それだけではなく、そのとき彼等は、己の宿命的な存在に対する無知の故に、少しも躊躇うことなく、「死よりも苦悩を」、そして「虚無よりも地獄を」、すなわち死の希望よりも生ける地獄である己の存在を選んでいるのである。ここには、死を選ぶことと、存在を選ぶこととの微妙な対立がある。あるいは、それは、イデアルな死を選ぶことと、「傷」という形で、生の真っ只中に大きな口を開けている深淵の死、つまり生が瞬時体験しなければならない現実的な死を選ぶこととの対立だ、と言ってもよいかもしれない。詩人は、哀れな賭博者達を羨望している自分を恐れている。再び、存在という苦悩を選ぼうとする自分への予感がここにはある。そして、もし彼が、『悪の華』の巻頭で、詩人としての己の出生に捧げた「苦悩こそただひとつの高貴なもの[55]」という言葉に誠実であろうとするならば、彼が真に選ばなければならない道は自ら定まってくるはずなのである。苦悩こそが、詩人のただひとつの荊の「王冠」であり、苦悩を通してこそ、詩人は名も無き多くの人々と繋がれているのである。そして、ボードレールは、やはりこの地獄的なそれの存在を選び続けるのである。死というイデアルな普遍性へ最大限接近したボードレールは、その死に同一化する直前に身を翻し、現実的な世界という、確かに「単調で、卑小」[56]ではあるが、しかしそこでこそ多くの人々の苦悩に満ちた生が営まれているもうひとつの普遍性へと転回する。あらゆる救済の不可能性を知り尽くした上での、根源からの、つまり深淵という根拠の非在そのものからの存在を引き受けること、このボードレール自身によってすら正当に評価されていたようには思われない転回は、だが、かけがえもなく貴重なものである。この転回を通じてはじめて、ボードレールの作品世界のなかに、他者が、群衆が、そしてパリという都市が出現する――すなわち、この転回こそが、散文詩集『パリの憂愁（*Le Spleen de Paris*）』として結晶化されるボードレールの新たな冒険の一切を懐胎しているのである。

しかし、この転回が韻文詩から散文詩への転回として直接的には現われてくるのが確かであるとしても、すでにその過渡的な形態、ないしはこの転回への予徴は、『悪の華』のなかにも見出されるであろう。すなわち、『悪の華』の初版と再版とのあいだの、詩集全体の方向性に関する微妙な差異、言い換えれば、再版の構成における他の五章と、「パリの光景（Tableaux parisiens）」と題されて新たに設えられた一章とのあいだの方向性の食い違い、そこにわれわれはこの転回の潜在的な可能性を読み取ることができないであろうか。明らかに『パリの憂愁』は、「パリの光景」の延長線上に位置している。「白鳥」、「七人の老人」、「小さな老婆たち」、「通りすがりの女に」、「地を耕す骸骨」、「パリの夢」、そして「賭博」などの詩篇を含む「パリの光景」は、やはり照応の支配下にあるとはいえ、しかしパリという具体的な現実に向かっての詩の開けを確かに記録している。例えば、あの「通りすがりの女に」の類い稀な輝き——それは決して照応という内的な祝祭がもたらす輝きではなく、むしろ照応によっては救い取られることのない、つまり、永遠に二度と取り返すことのできない過去の現在の輝き、その現在における他者へのプレザンス、そして他者の自己へのプレザンスという真に現実的な存在の交流の輝きではなかっただろうか。そして、「白鳥」の詩においては、過去への、やはり挫折へと終わる照応の裂け目に、パリという荒々しい都市の現実が覗かれてはいなかっただろうか。「パリの光景」のなかで、そのすべての作品がそうであるわけではないにしても、はじめて顕著に現われてくるひとつの力強い線、それは、己の存在やその生の苦悩を通じて、真に他者に、それも特定の恋人などではない無名の老婆や、群衆の中の通りすがりの人々に共感し合い、彼等の生きる場所である都市の現実に眼差しを向けていく詩人の行為である。それは、己の存在を、とりわけその「傷」を通して、無数の群衆へ、そして都市の存在そのものへと同一化していこうとするまったく新しい詩の方向を暗示している。だが、この方向は、初版『悪の華』によって打ち出された、照応という詩的な一種の特権状態による生の救済の可能性からその挫折へと、つまり「理想」への追求が「憂愁」へと転じてしまい、決して超越することができない恐るべき「時」の脅迫（「時計」）によって絶望的に閉じられる「憂愁と理想」の章、そこから死という唯一残された希望を語る「死」の章へと続く流れのなかでは、まったく異質なものであるだろう。すなわち、先にわれわれが、「賭博」の末節を手引きとして述べてきたばかりの、死という希望と存在という現実との微妙な対立は、再版の『悪の華』全体の構成をも覆っているのである。そして、その限りでは、初版のテクストの方が、おそらく統一性という点からすれば、遥かに緊密な構成をもっている、と言えるだろう。それは、詩人の自我へと向かう強い向心力によって貫かれている。もちろん、この中心は確固たる実体として把えられるわけではなく、詩人はそこで自我という中心における統一の不在、自我そのものの内部における中心の喪失、つまり深淵を見出さざるを得ないには違いないが、しかし、あくまでも詩集全体の動線は、この失われた中心を目指しているのである。そして、死が希望として現われてくるのは、この方向の極点においてであろう。詩人は、死を名付ける、希望と。そして、そのときこそ、詩人の存在そのものが、存在のこの絶対的な否定性によって、聖化されはしないだろうか。言うまでもなく、ここでの聖性とは、決して神々に属するものではなく、神々の不在そのもの、紛れもなく「人間」のものである存在の深淵に属している。あるいは、名付けることという言葉の特権的な力にこそ属している。詩人は言葉によって、統一なき、「傷」の己の存在を、死、すなわち統一性の不在そのものへと一致させようとする。詩と希望とが一致させられようとする。そこには、聖なるものの不在そのものによって、獲得され、輝かされている蒼ざめた輪光がある。われわれは、確かに『悪の華』のなかで、深淵が、死が、そして「傷」が見出され、それが最後には「新しい太陽」として、光なき光を発するのを認めることができる。そして、この点から言えば、ボードレールはすでに、初版『悪の華』で充分な成功をおさめている。「聖なる書物」としての『悪の華』の位置は、このときすでに動かないものとなっている。だが、それでもなお、われわれは、このあまりにも詩人という特権性に負うところの大きい純粋な自我のドラマとしての『悪の華』に対して、『パリの光景』によって示唆されている自我の裂け目から他者へ、現実へと係わりはじめているもうひとつの『悪の華』を強調したいと思う。おそらく、この対立は、あまり性急になされるべきではないのかもしれない。死へと向かう側面と他者へと向かう側面とは、また完全な非在へと向かう側面と現実のプレザンスに留まる側面とは、いずれも照応の破綻によって明らかにされた生の破綻から導かれる、互いにその稜を接した存在のふたつの斜面だからである。そして、確かにボードレールは、生涯この危険な稜線を歩き続けたように思われるからである。だが、少なくともボードレールは『悪の華』の地点で終わってしまったわけではないのであり、『悪の華』から『パリの憂愁』への転回が孕んでいる積極的な意味は、正当に評価されなければならないであろう。実際、そこでこそ、ボードレールは、『悪の華』という冒険によって開かれた存在の地平、現代性（モデルニテ）の地平を、詩人の特権性においてではなく、むしろ無名の群衆のひとりとして、真に生きはじめているように思われるのである。

『パリの憂愁』、この劃期的な都市のポエジーを産み落としたボードレールの詩の冒険の最終段階について、いまやわれわれは正当に論じることができるはずである。おそらく、この詩集以上に、都市あるいは都市性という現在のわれわれの文化全体を支配している根本的な規定性や現実性と直面している詩集をわれわれは知らないし、また、そうした意味では、これ以上に真にわれわれのものである詩集をわれわれは持ち得ていないだろう。この詩集は、パリをその主題とし、パリに捧げられているが、しかしそれ以上にあらゆる現代的な都市の本質と密接に絡み合っている。そこには、普遍的な都市生活の断面が集積されている。そこには、普遍的な都市的存在のプロブレマティックがすでに花開いている。都市――確かに『悪の華』において、詩人の「魂」のドラマの「背景」として、パリという都市の光景がすでに浮かび上がらせられていたのだとしても、それでも、この現代性（モデルニテ）の広大な地平がまさしく主題的に繰り拡げられるためには『パリの憂愁』というもうひとつ別な詩集が必要とされたのであり、また、この地平においてこそ、『パリの憂愁』は読まれなければならないのだ。おそらく、ここには、形式の問題、すなわち韻文と散文との本質的な相違という問題が横たわっている。言い換えれば、散文という形式においてこそ、都市ははじめて「背景」ではなく、主題として詩のなかに登場し得たように思われる。

律動も脚韻もなく音楽的であり、魂の抒情的な運動にも、夢想の波のような動きにも、意識の飛躍にも適するような、柔軟にしてかつ同時にごつごつした詩的散文の奇蹟を、われわれの裡の誰が、青春の野望に満ちた日々に、夢みなかったであろうか。

この執拗な念願が生じたのは、とりわけ巨大な都市での頻繁な往来、その無数の様々な関係の交叉によるものである。(1)

アルセーヌ・ウーセに寄せられた序文のなかで、ボードレール自身が、このように、散文と都市との緊密な、そして不可避的な結び付きをはっきりと語っている。そして、この散文性と都市性との明確な対応関係こそ、『パリの憂愁』を読む最大の鍵なのである。

それでは、散文とは何なのだろうか。われわれは『悪の華』の詩の冒険の中核となっていた照応（コレスポンダンス）について、それが声という自己自身に対する絶対的な近さによって原理的に支えられているということを語ってきた。そして、そのパロールの親密さの世界が、その冒険の果てに破綻していく様相を見てきた。この声の破綻、それに答えるものこそが、散文なのである。実際、詩において声という理念が保証されるためには、なによりも韻文という形式は不可欠なものであったに違いない。様々な脚韻のあいだの交響、定型的な音綴数の一致による整合性、無数の音の重なり合いによる諧調、そうした音のレヴェルにおける統一性を通してこそ、声という理念が君臨し得たのである。韻文における律動は、常に声の律動であり、そこにおける無数の音のあいだの照応こそが、声という生の統一性への夢を奏でていた。韻文、声、生、それぞれの統一性は、ひとつの同一の統一性だったのである。そして、これはまた過去と現在との統一でもあるだろう。いま、呟やかれ、鳴り響いているひとつの脚韻、それは過去の同じ脚韻を喚起し、それら幾つかの音と照応し合い、そればかりか未だ聴かれていない音、未来の同じ脚韻までをあらかじめ現前させてしまう。そこでは、過去－現在－未来という客観的な、継起的な時間は消えて、イマージュによる現在の拡がり、声の現在の拡がりに置き換えられてしまう。これが韻文詩の構造であり、その魔術である。「生ける現在」という照応の祝祭は、韻文性を通してこそ、具体化され、試行されなければならなかったのであり、そこには明確な必然性が存在していたのである。それ故に、照応の危機は、すぐさま「韻文の危機」を呼び起こす。照応の破綻は、ただちに韻文の破綻を招来するのである。だから、散文とは、なによりもまず声の死であり、パロールの理念性の崩壊である。散文詩は、歌われ、語られるものというよりは、むしろ書かれ、読まれるものである。言うまでもなく、ボードレールが序文のなかで述べていたように、散文もまた音楽性や運動感を持ち得ないわけではない。だが、それは少なくとも、声の統一性、あの理念的な中心を詩に与えるものではなく、そして逆に、この声の不在によってこそ、散文詩は、「硝子売り」[2]の叫び声や都市の雑踏の律動、あらゆる現実の不協和音や不連続な律動といった決して韻文詩では表現し得ない運動性を刻印することができるのである。だが、このことは、すでに散文詩における詩人の〈私〉の死、あるいはその純粋な内面性の崩壊を意味している。声を奪われた詩人は、もはや己の詩の統一的な中心として現われることはできない。散文は、そのような統一性の廃棄によってしか成立しないのである。散文の時間は、過去から未来へ、始まりから終わりへと一方的に流れていく回帰しない時間であり、統一的な生を許さない現実の時間である。そこにおいては、現在は、もはや連続的に過去や未来を包み込んだ生々とした拡がりなどではなく、秒へと分割された不連続な一断面であるにすぎない。そしてまた、それは、抒情的な時間というよりは、むしろ叙事的な時間であり、物語の時間であるだろう。すなわち、散文詩においては、詩人は詩そのものの外部に位置しており、詩人と詩とは、眼と文字とのように乖離しているのである。詩人は、その声の固有な統一性によって詩を己の生の真只中に捉えることはできないのであって、もはや声という特権を持たない無名の語り手、書き手にほかならない。それは、純粋な固有性や統一性を誇る生ける〈私〉の死なのである。散文は、声の死であり、〈私〉の死である――、韻文すらもが、この死を廃棄し得ないというのが、照応の破綻を通して得られた『悪の華』の真摯な冒険の到達点であったとすれば、そこからの転回においてボードレールが選んだのは、この死という地平をイデア性の基準として、そのなかでマラルメのように韻文の新しい暗黒の可能性を模索することでも、また実際に死そのものに身を投じたり、沈黙したりすることによって韻文の死とともに詩人としての存在に終止符を打つことでもなく、いわば韻文の墓場であり、詩人の墓場であるこの散文を通して、現実を引き受けることであったのである。マラルメのエクリチュールが、むしろ死のパロールであったとすれば、ボードレールが散文において赴いたのは、まさに現実的なエクリチュールであった、と言えるだろう。「黒いインクのような空と海[3]」――「旅」の最終章で彼がこう書いたとき、あるいは散文への転回が秘かに意味されていたのかもしれない。いずれにせよ、ボードレールは、『パリの憂愁』において、散文という、統一性なき詩、分散されたディスクール（discours）の空間、現実的なエクリチュールを選択し、そこでまったく新しいポエジーの実験を実践するのである。統一性の不在、分散の空間、一方的で不連続で分割された時間、物語性、多様性、記録性……これらが散文の主要な側面であり、その特権的な質である。だが、それでも、一篇の散文詩がなんらかの統一を持っていないということはない。しかし、その統一は、詩人の声や、生に収斂していこうとする閉じた統一ではなく、むしろ中心不在のままで、各断片がそれぞれ独立して関連し合う全体性による統一であるだろう。われわれは、韻文性と散文性との対立を明確にするために、統一性（unité）と全体性（totalité）というふたつの概念を峻別したいと思う。全体性とは、この場合、中心的な収斂点を持ち得ない。各断片間の多様な関係の全体について言われているわけであり、それはなによりも中心なき全体性、統一なき全体性なのである。それは、例えばボードレールが『パリの憂愁』の構成を説明して、次のように言うとき、もうそこにはっきりと現われている概念ではないだろうか。

この詩集においては、すべてが、相互に、そして交互に、同時に頭であり尻尾である。(……)試みに椎骨をひとつ抜き取ってみたまえ。それでもこの蛇のような詩想は、わけなくまたひとつにくっついてしまうだろう。それを多くの断片に叩き切ってみたまえ、それでもその各々の断片は生きて存在しうるということが分るはずである。[4]

このような全体性のもとでは、各断片は、統一的な全体に対する部分というような連続的で、有機的な関係を、その全体に対して持つわけではない。ひとつの断片は、その全体によって不可欠のものではない。しかしながら、どの断片も、それだけで、ひとつの同じ(même)、だが同一(identique)ではない全体性を生きているのである。そして、このように理解された全体性という概念は、また都市性というものを充分に説明してくれるであろう。実際、都市のもっとも特徴的な現象である群衆こそ、統一なき全体以外のなにものでもないだろう。群衆のなかで、各個人は互いに何の有機的な関係もなく、孤立して存在している。そこには、いかなる統一性もない。しかし、群衆全体を覆っているある質は、その形こそ多様であるとはいえ、各人に共通に刻印されている。群衆のなかの誰もが、同じひとつの全体性を生きているのである。そして、群衆において典型的に現われてくるこの統一なき全体性を、われわれは都市性一般のもっとも重要な指標へと拡張することができるはずである。産業革命によって形成された現代都市の空間は、各個人の相互のあいだの分断、個人の生活における非連続性、あるいは生と生活との分離という分散の原則によって貫かれている。都市社会全体のレヴェルでも、個人的な生のレヴェルでも、統一性はまったく不在である。そして、この統一性の不在そのものが、実は、全体性を産み出しているのである。それ故に、都市はなによりも散文である。分散、非連続性、そして全体性といった概念を通じて、都市性は散文性と一致する。散文こそが、詩における都市的な形態なのである。

こうして、われわれは、『悪の華』から『パリの憂愁』へのボードレールの転回を、統一性から全体性への転回として考えることができる。韻文から散文への移行は、決して単なる表現の方法の変更などに留まることのない、重要な質的転回を含んでいる。すなわち、『パリの憂愁』は断じて第二の『悪の華』ではない、と言わなければならない。『パリの憂愁』五十篇の散文詩のなかには、確かに相当数の韻文詩の散文化、つまり『悪の華』の詩篇と同一主題を擁する散文詩が見受けられる。そして、それらの幾つかは、明らかに作品の完成度において、韻文詩に劣っているかもしれない。しかし、そうした過渡的な詩篇にのみ目を奪われて、『パリの憂愁』に詩人のポエジーの衰弱を見るとすれば、そのときわれわれは、われわれの現代文化の真の根底をなしているものを見過ごしてしまったことになるだろう。むしろ、われわれはこの詩集を、それが目指していた方向から、すなわち百余りの題目が書き込まれているその計画の方から判断しなければならない。その計画[5]において、われわれは散文詩を導くはずであったふたつの主要な線を指摘することができそうである。ひとつは、紛れもなく「パリの風物」、都市の現実的な光景の様々な断片という線であり、もうひとつは、先に引用した「壊滅の前徴」などを含む「夢解釈」という線である。夢とはいえ、それは、言うまでもなく、純粋な生の照応としての夢ではなく、「壊滅の前徴」やあの「死刑宣告」、そして、「死」、「灯台の囚人」、あるいは「階段（眩暈。大きな弧。しがみついている男達。ひとつの球体、上方と下方に霜）」[6]といった題目が示すように、超越的な生の崩壊と「傷」としての己の存在の絶望的な認識の色彩を強く感じさせるような夢の系列であるだろう。しかし、この夢の系列の方は、何故か、実際われわれが手にし得る『パリの憂愁』にあっては、顕在的な形ではほとんど現われてはいない。むしろ、パリという都市の断片的光景の系列の方が圧倒的に強く前面に押し出されている。とはいえ、これらふたつの系列、一方は社会学的な傾きを持つものであり、他方は精神分析学を予告するものであるが、それらが絡み合いながら、『悪の華』の「存在の冒険」を継承しようとしていることには、注目しておく必要があるだろう。すなわち、あくまでも自我の統一や存在の超越の希望を語り続けようとし、詩を通してそれを試み続けた『悪の華』の冒険に対して、そこで見出された統一性の不在や超越の不可能性そのものを現実の存在として引き受けるところから出発する散文詩は、都市と詩人の無意識というふたつの異なったレヴェルで、ある種の存在分析を営むのであるが、これらふたつの「存在の冒険」の支流は、相互に絡み合い、浸透しあって、存在のひとつの同じ全体性を探究しているように思われるのである。言い換えれば、夢を通じて問題とされる個人的な存在の全体性とパリという都市の全体性とは互いに交流しあっているのであり、換言すれば、パリの現実の一光景は、詩人の悪夢と等しく、存在の統一なき全体性の在り様を物語っているのである。都市と夢とは互いに交換される。都市も夢も、詩人にその存在の有り様を明らかにしてくれるのである。その限りでは、存在という観点からすれば、現実と非現実との区別などは、取るに足らないものでしかない。非現実な夢すらもが、存在の乗り越え難い現実性に基づいているのであり、またパリという現実的な都市に根付いていると思われる、例えば、「紐（La Corde）」や「マドモワゼル・メス（Mademoiselle Bistouri）」などの作品の光景は、都市そのものの悪夢の光景にほかならないだろう。ボードレールは、己の存在の統一なき全体性を引き受けることによって、それを都市の全体性へと重ね合わせ、そこに散文詩をおくのである。そして、この不幸な全体性を通してこそ、詩人は他者を文字通り生きることができるようになるのだ。詩はもはや自我の内的な統一への果敢な冒険ではなく、「傷」としての存在という次元で、無数の他者と互いに交流し合うひとつの開かれた場となるのである。

「恐るべき生！　恐るべき都市！」[7]とボードレールは書いている。詩人の生の恐るべき悲惨さは、都市の悲惨さと対応する。生の全体性は都市の全体性へと通じている。そして、この全体と個とのあいだの互換的な関係は、まさに群衆とそのなかの一個人とのあいだの関係でもあるだろう。

群衆（multitude）と孤独（solitude）と。勤勉で豊かな詩人にとっては、互いに等しく、互いに交換し得るふたつの言葉である。己の孤独を群衆によって満たすことを知らない者は、多忙な人々の群れのなかで、一人でいることもできない。[8]

多数と個とは互換である。それは、究極的には、他者と我とは互換である、と言い換えても良いだろう。詩人は、徹底して孤りであることによって、他者を生きようとする。孤りであることと他者を生きることとは、決して矛盾するものではなく、存在という地平においては、むしろ必然的である。すでに述べてきたように、完全に統一された純粋に自己同一的な自我は存在しない。自己と自己との差し向かいですら、そこに距たりという非人称的な他を導入することなしには、可能ではないのである。存在の内には、すでに他という外部が侵入してしまっている。〈私〉についての他の経験、それこそが、ボードレールの「傷」なのである。ネルヴァルの「私は他者である（Je suis l'autre）」、あるいはランボーの「〈私〉とは他者である[9]（Je est un autre）」、このような言葉によって輪郭づけられるような存在についての新しい経験領域を、ボードレールもまた分かち持っている。ネルヴァルのような意味であれ、ランボーのような意味であれ、彼もまた『悪の華』の冒険を通して、自我の亀裂や自我の他者への不可避的な係わり合いを経験しているからである。だが、ボードレールにとっては、問題は、これらの衝撃的な命題の一歩手前に、もしくは一歩先にこそ、すなわち、それでもなお〈私〉は〈私〉であるほかはない、己の存在に留まり続けるほかない、という恐るべき現実性のところにこそあるはずである。〈私〉は他者であると同時に、そのようなものとして〈私〉であり続けねばならないという立場こそが、ボードレールの位置なのである。そして、「私は他者である」と言う替わりに、ボードレールは一言、売淫（prostitution）と言いはしなかっただろうか。売淫――それは、まず「孤独への恐怖」であり、「外部の肉体の裡に自我を忘却しようとする欲求[10]」である。それは、一種の存在忘却の欲望であり、「傷[11]」の治癒への衝動である。そこには、民衆の抒情的な陶酔の可能性がある。しかし、「決して自分自身の外へは出ず[12]」、自己に留まり続ける芸術家もまた、存在の超越を目指しながら、孤独の裡に売淫する者である。「芸術は売淫[13]」であり、詩人の栄光は、「孤りのままに留まりながら、特別な仕方で売淫すること[14]」にこそあるのである。〈私〉でありながら、同時に他者となる――この「魂の聖なる売淫[15]」は、こうして詩人に他者を生きることを許し、そして詩人の詩的な陶酔の一領域を保証するだろう。この売淫という言葉の裡には、自我の分裂、自我への他の侵入そのものを引き受け、むしろそれを契機にして他者の裡へと自我を侵入させていこうとする、言わばネルヴァルの受動的な「私は他者である」から、ランボーの能動的で、客観的な「〈私〉とは他者である」への飛躍にも似た一種の転回を認めることができる。ボードレールは存在の「傷」を単なる受苦としてではなく、他者への積極的な可能性として生きようとする。しかしながら、詩という売淫において、このように、新たな詩的な陶酔が確保されつつあるとはいえ、われわれは決してこの「売淫」という言葉が湛えている暗い苦さを忘れてしまうわけにはいかない。そこにどれほどの陶酔、どれほどの悦楽があろうが、売淫の快楽は決して、自己と他者との統一から生まれるものではないのであり、売淫とは恋愛というような他者との合一の幻想によって覆われることのない、あくまでも統一性の不在の現実的な他者と自己との交わりなのである。売淫は、恋愛という理想的な、超越的な自己と他者との関係に対する「憂愁」の形態である。その快楽は、己の生と一致した幸福な快楽ではなく、常に己の生と分離した不幸な快楽にすぎない。『パリの憂愁』においては、恋愛の幻想はことごとく廃除されている。「野蛮な女と気取った恋人と（La Femme sauvage et la petite-maîtresse）」にしても、またもっと直接的に「天使のような恋人よ、たとえ愛し合う者たちのあいだでさえ、それほど理解し合うということは難しいのだ、それほど思想というものは通じ合うことがないのだ[16]」と結ばれる「貧乏人の眼（Les Yeux des pauvres）」にしても、そこにあるのは他者と自己との一致の不可能性、他者と自己とのあいだの非連続性でしかない。そして、この非連続性はまた、「野蛮な女」と「気取った恋人」とのあいだを貫き、新築の美しいカフェと外の歩道とのあいだに、演奏会場の垣根の内と外とのあいだ、広々とした廷宅の鉄柵の内と外とのあいだ、詩人と乞食とのあいだを貫き、つまりは都市の至る所を貫いている。都市の空間とはなによりも、こうした非連続性の重層的な空間なのである。『パリの憂愁』においては、ボードレールはもはや、統一に向けての果敢な冒険を企てるのではなく、この非連続性に貫かれた赤裸な現実を引き受け、むしろそれを強調さえしているように思われる。イデアルなものへ、理想へと向かう激しさは、理想なき現実、あるいは理想が「墓穴[17]」としてしか現われてこないパリという憂愁、それをあるがままに直視し続ける強さへと置き換えられている。そして、この転回にともなって、詩の冒険の中心は、声から眼差しへと移っていきはしないだろうか。

大都市のなかには、人が散歩したり物を見たりしさえすれば、何という多くの奇妙きてれつなことが見出せるものだろうか。[18]

眼差し、見ること――しかし、われわれはまず『悪の華』における見ること、すなわち「眼を閉じて見る」という形態のもとに現われてくる見えないものを見る眼差し、声のひとつの派生的な形態にすぎない眼差しと、ここで問題となる現実的な眼差しとを明確に分ける必要がある。なぜならば、現実的な眼差しとは、およそ声とは対極に位置するものだからである。声が「自己自身への現前」であるとすれば、眼差しは、なによりも他者への現前であるだろう。しかも、この場合、他者と自己とは、見るための距離そのものによって隔てられていなければならない。眼差しとは、見るものと見られるものとが距たりを置いて、同時に、存在しているという経験なのであり、まさしく非連続性の、裂開の、そして「傷」の経験にほかならないのである。例えば、「血がどくどく流れ出す」のが感じられているのに、「躰のどこに触っても、傷口が見つからない」というあの「血の泉」が語っていた奇妙な経験こそ、ボードレールにとっての、眼差しの、そして知覚一般の経験であったわけである。「血」という言葉は、ボードレールの詩のなかでは、常に、生々とした生を示している。そして、「血が流れる」というイマージュは、常に、生の純粋性、固有性の崩壊、すなわち照応の破綻を暗示している。この「血」は、いま、「都市を横ぎり」、存在の外部へと、外部の他者の方へと流れていく。眼差しが都市を横ぎるのに応じて、詩人の血が都市を横ぎる。そして、この絶えず続いている、世界への己の生の崩壊の現象から逃れようと、「騙し屋の酒」の力を借りようとしても、「酒は一層眼を明らかに、耳を鋭くするばかり！」[19]なのである。この悲痛な嘆きが、『悪の華』の主要な調子である。ここに、ボードレールにとっての見ることとの、そして他者へと現前することとの苦痛と恐怖がある。現実的な眼差しにおけるプレザンスは、自己の他者への現前と、他者の自己への現前との相反する方向をもった二重の運動によって織られている。そこでは、プレザンスとは「傷」であり、暴力であるだろう。しかし、それこそが、真のプレザンスにほかならないのである。『悪の華』の冒険は、一言で言えば、この暴力的な、現実的なプレザンスの回避にこそ求められるだろう。照応、夢、回想、想像――そこでは、眼差しは、具体的で、現実的な他者へと行き着くことなく、純粋な感覚のままに、純粋なイマージュのままに留まり続けようとする。自我と他者との統一の問題は、そこでは巧妙に、自我の内的な統一の問題に置き換えられてしまっている。他者はそこでは、はじめから永遠に不在であるか、または韻文詩の特権、つまり声の特権性によって不在化されてしまうであろう。見ることは、声によって支配されている。あるいは、韻文詩においては、見ることとや、そのほかのあらゆる行為は、完全に詩を語る声の裡に包まれている、と言い換えてもいいだろう。例えば、ボードレールは『悪の華』の多くの詩のなかで、ほとんど強迫的なまでに、様々な眼のイマージュを鏤める。宝石のような眼、薄い靄のかかった眼、緑の光を湛えた眼、水晶のような眼、焔のような眼――ボードレールにとっては、ひとりの女の全体的なイマージュは、眼のイマージュに集約されてしまうかのようである。だが、これらの眼は、ほとんど詩人の存在を把えてはいない。眼は、何も見てはいない。ここには、見る－見られるという二重の回路によって構成される現実的な他者の経験はないのである。それというのも、なによりも詩人自身がここでは、声という見えないものとしてしか存在していないからだ。声というこの詩の厚み、言葉の厚みのなかでは、それらの眼は現実的な他者のプレザンスを徴（しるし）付けているのではなく、むしろそれらの不在を徴付けている。他者はイマージュへと還元され、見ることはこのイマージュへの内的な眼差しへと還元され、声という見えないものがその全体を統一する。それが照応にほかならない。そして、この照応の統一性は崩壊せざるを得ないのである。この崩壊をあるがままに引き受けるところから散文詩は出発する。散文詩は、声の優位に対する反対命題（アンチ・テーゼ）である。そこでは、見ることと詩を語ることとは決定的に分離してしまっている。いや、あらゆる行為と声とが分離しているのだ。それは、端的に言えば、詩の言葉における意味されるものの優位へ――しかし、それは同時に、言葉と生との一致から、言葉と生との分離への転回でもあるだろう。散文詩における〈私〉の死の背後にはそうした事情があるのである。散文詩は、もはや言葉による生々とした世界を構成するのではなく、生きられた世界を記録するのであり、言葉は、そこではある意味では、もはや二次的なものにすぎないのである。だが、このような詩人にとっての散文詩の否定的な在り様そのものが、ボードレールの『パリの憂愁』においては、ひとつの肯定性のもとに捉え返されはしないだろうか。すなわち、われわれはここではじめて、見るという行為が、声の厚みを通してではなく、自律的な、現実的な行動として、独自の領域を拡げはじめるのを見出しはしないだろうか。[20]この詩集においては、詩人の眼差しは、まさしく都市の現実の空間を横切り、そして、老婆を、寡婦を、年老いた香具師を、あるいは閉じられた窓を見る。そして、この見られるものは、そこで、詩人とは独立した具体的で、それぞれに固有な生の拡がりをもったものとして捉えられているのである。それと同時に、われわれは、群衆のなかに、あるいはパリの街角に、それら見えるものの一員として存在している見るものの現実的な存在をも感じ取ることができるだろう。その見るものの存在は、決して散文詩の書き手としての特権的な存在ではなく、むしろ都市の群衆のなかの無名の一人としての存在にすぎない。「後光紛失（Perte d'auréole）」という極めて意味深い散文詩が物語っているように、ボードレールは、『パリの憂愁』において、抒情詩人あるいは韻文詩人という声の「後光」によって守られた特権的な詩人を脱し、その替わりに、群衆のなかの無名性、そして現実的な行動を生きはじめるのではないだろうか。

哀れなソクラテスは、禁止主義の「デモン」しか持ちはしなかったが、わたしのそれは偉大なる肯定主義者であり、行動の「デモン」、あるいは闘争の「デモン」なのである。[21]

行動の「デモン」——この「貧乏人を撲り倒そう！（Assommons les pauvres!）」や「悪しき硝子売り（Le Mauvais vitrier）」に書き込まれた爆発的な行動の嵐、それは決して『悪の華』には見出せないものであるに違いない。例えば「秋のソネ（Sonnet d'automne）」ではっきりと語られているように、「わたしは情熱を憎む[22]」——それが『悪の華』での詩人の態度である。なぜならば、情熱は、主体と客体との微妙な均衡の上に成り立っている照応の世界を一挙に崩壊させてしまうからである。情熱も行動も、それらは暴力的な現実のプレザンスを詩人に生きることを余儀なくさせてしまう。それらは、原理的に照応と相容れないのである。だが、そのことは必ずしも、照応においては詩人の能動的な行為が失われている、ということを意味するのではない。照応が感覚の受動的な綜合（synthèse passive）によって基礎付けられているのだとしても、この綜合はそれだけで主体の能動的な行為の所産であり、またそれは声を発するという行為によってはじめて詩として結実するのである。しかし、それでも、具体的な他者と係わり、時間や空間の現実性において発動されるという意味では、これらの行為は、行動ではない、と言わなければならないだろう。乞食と自己とのあいだの乗り越え難い非連続そのものを、身を持って相手を撲り倒すことによって、全体的に生きること、プレザンスの暴力そのものを生きること、それが行動なのである。この行動は、はじめから他者と自己との統一を目指しはしない。そこで生きられるのは、統一の不可能性そのものなのである。だが、相手を撲り、相手に撲られるという相互的な暴力を通じて、相手と自己とのあいだに「平等」の関係が確立される[23]。行動は、プレザンスをその全体性において生きようとするのであり、とすれば、詩の空間のなかに行動のための領域が開かれるのは、なによりも散文という現実的な空間や時間の形式のもとにおいてであるのは、また無理もないことであるだろう。行動は、散文性によって裏打ちされている。街角の乞食を撲り倒すことであれ、階上から地上の硝子売りの背に花の鉢を投げ下ろしその硝子をすべて破壊してしまうことであれ、これらの行動は、各瞬間毎に分断された散文的で一方向的な時間を措定することなしには、行われることも、記述されることもできないはずである。そして、これらの行動は、そうした客観的な時間の流れのなかで、稲妻のように煌めく現在の瞬間を花開かせている。そこでは、現在は親密な拡がりとしてではなく、他者と自己とのあいだの非連続な距たりに飛び交う一瞬の火花として現われる。そして、それはまた照応とは別な種類の現在の快楽、一種の陶酔を与えてくれるだろう。この陶酔は、己の生の統一性、あるいは己自身との完璧な一致のもとに与えられる陶酔ではなく、むしろ己の分裂における陶酔、すなわち演技の陶酔にもっとも近いものである。実際、「貧乏人を撲り倒そう！」においても、「悪しき硝子売り」においても、それらの行動が、日常的な自然な行動ではなく、異常でありながらしかもその底に覚醒した意識を潜ませている演技の構造をもっていることは、一目瞭然であるだろう。「贋金(La Fausse monnaie)」のなかで、ボードレールは、無自覚な悪を激しい調子で非難している。[24] 悪は、悪こそは意識的に為されなければならないのだ。悪と演技との必然的な結び付き、それはまた病める存在の有り様と演技の構造との正確な対応でもあるだろう。行動の火花、演技の火花こそは、まさしく火花と化した「私は他者である」にほかならないからである。このロートレアモン『マルドロールの歌（*Les Chants de Maldoror*）』へと直接的に流れて行く演技の「デモン」こそ、『パリの憂愁』の行動の「デモン」なのであり、それはまた、弱められた形ではあるが、見ることを通じて「人々の人格のなかに入る[25]」という他者を生きる眼差しをも覆っているのである。完全な相互理解や他者との統一が不可能である以上、他者を生きることは、他者を演ずることであるほかはないだろう。「子供の頃、役者になりたいと思っていた[26]」と語るボードレールにとって、演技は、悪のもっとも積極的な形態、存在のもっとも肯定的な形態なのである。こうして、ボードレールは宿命と化した己の存在の悪を、演技という自由な行動として引き受け、それを生きようとするのであり、それこそが『パリの憂愁』が開く生きられた現実性という新しい地平なのである。脈絡もなく、順序立っているわけでもないが、『パリの憂愁』の各詩篇は、それぞれパリという都市の壮大なドラマの一場面を提起している。そして、そこでは、行動する者の存在のレヴェルにおいても、また都市の全体性のレヴェルにおいても、身をもって証明された「自由と宿命との同一性[27]」がある、とわれわれは言うことができないだろうか。存在を引き受けること、存在の宿命を自由として引き受けること、それが、ボードレールの冒険の最終的な到達点なのである。

しかしながら、この生きられた現実は、常に、一瞬の陶酔に賭けられた演技にのみ収斂されてしまうわけではない。統一なき自我にとっては、その行動が演技の構造をとるのは必然的であるにしても、しかし、演技とは、やはり一種の特権的な行動であるには違いない。稲妻のような現在は、たとえ超越的な生の拡がりを持ち得ないのだとしても、もうそれだけで、プレザンスの輝く一回性によって裏打ちされた特権的な瞬間であるだろうし、また、演技にしても、そこには「晴々しい最期（Une Mort héroïque）」のファンシウールに与えられるような、個人の特権的な栄光がないわけではない。おそらく、演技とは、行動の特権的なポエジーなのである。だが、それでは、この演技からポエジーの火花を、稲妻のような現在の光を、そしてあらゆる特権性と陶酔とを取り除いてしまったら、どうなるであろうか。——互いに何の区別もない無機的な現在の無限の反復、各瞬間に己自身の生から引き離されている存在、陶酔なき欺瞞の繰り返し、すなわち、労働（travail）ないしは仕事（travail）。

そうなのだ！「時」は君臨する。そいつはまたその兇暴な独裁権を掌握した。そして、まるでわたしが牡牛でもあるかのように、その二本の針でわたしを追い立てる。——「それ行け！こん畜生！せっせと働け、奴隷め！生きろ、呪われた奴！」と。(28)

これは、明らかに、韻文詩「時計」と同じモチーフである。だが、韻文詩の方では、非常な「時」の断言は、「死ね！」という死の強要として現われていたのに対して、ここでは、あくまで「生きろ！」であることには注目しても良いはずである。われわれが述べてきた『悪の華』と『パリの憂愁』とのあいだの微妙な差異は、このようなところにも確実に反映しているのである。本質的な生を奪われた、呪われた生を、それでも、生き続けるほかはない。——この疎外された生は、マルクスの言葉を借りるまでもなく、都市的な工業社会における労働の現実的な在り方を規定している。ボードレールは、すでに『悪の華』の「パリの光景」、とりわけ「夕べの薄明（Le Crépuscule du soir)」と「朝の薄明（Le Crépuscule du matin)」という対になったふたつの詩において、都市を労働の場としてはっきりと把えていた。労働こそ、都市のもっとも普遍的な現実性、無数の群衆によって生きられている現実性にほかならない。労働は、あらゆる快楽の対極にある。しかしながら、都市におけるいかなる快楽も、決して労働の規定性を完全に免れるわけにはいかない。売淫は、まさしく快楽の労働にすぎないだろうし、「勝ち負けに無関心」となってしまえば、賭けもまた魅力の褪せた単純労働以外のなにものでもないだろう。そこでは、現在の一回的な快楽は消え失せて、疎外された生の単なる無機的な反復に置き換えられてしまう。「時」が君臨するとともに、労働が君臨する。そして、現実の生を引き受けるとは、このような労働を引き受けることにほかならないのだ。「各瞬間毎に、われわれは時間の観念と感覚に押し潰されている。そしてこの悪夢から逃れ――これを忘れるためには、ふたつの方法しかない。すなわち、快楽と仕事である[29]」とボードレールは書いている。だが、これはもう少し厳密に言われなければならない。仕事（労働）は、時間と存在とから逃れることであるよりは、その悪夢のような時間と存在とを「利用する[30]」ことであり、いずれにせよ、逃れ去ることも忘却することも決してできない己の生を引き受けることなのである。そして、ボードレールは、この最終の段階で躊躇うことなく、仕事を選ぶであろう。「生ける現在」の無限の陶酔を目指し続けていた詩人が、ここでは詩を労働として生きようとする。「衛生」という見出しをつけられた一群のノオトは、ノオトの他の部分からは岐立したオクターヴの高い調子で、仕事への切迫した要請を語っている。「六日間、休みなく仕事をせよ[31]」、あるいは「すぐさま仕事に着手すること、出来が悪くとも、夢みているよりはましだ[32]」というような言葉——ここには、己の生の否定性を全面的に肯定性として建て直そうとする切実な要求がある。ここで語られている仕事が、散文詩の制作であることは、言うまでもない。そして、そこには奇妙な暗号がないわけではないだろう。実際、おそらく韻文詩の制作の方が、ある意味では遥かに面倒な労苦を必要とするであろうが、それにも拘らず、韻文詩は決して労働の時間を構成しはしないだろうし、また時間を「利用する」ものではないだろう。韻文詩においては、詩人は韻という堡塁に守られた現在の快楽を築き上げるのである。韻によって、詩人は時間に対して反抗する。時間を超えようとするのである。韻文詩は、あくまでも快楽と結びついている。それに反して、散文詩ははじめから、現実的な時間にのっとった行動として、仕事として現われる。例えば、われわれは散文詩のひとつの原型的なものを、見たばかりの夢を大急ぎで書き留めているシャルル・アスリノー宛の書簡[33]に見ることもできるだろう。そこでは、ボードレールはまさに継起的な展開に従って己の夢を記録しようとしている。夢は、その固有の拡がりを持った超越的なタブローとして構成されているのではなく、すでに生きられてしまったものとして、現実の時間を生きつつある行動と化したエクリチュールによって書き継がれている。すなわち、散文においては、書かれている時間と書く時間とは決定的に分離してしまっているのだが、またそのどちらもが行動として、現実的な時間のなかの「生きること」として現われてくるのである。このふたつの分裂している散文の時間、それはおそらくボードレール以降、ランボーの『イリュミナシオン(*Illuminations*)』、シュルレアリスムの自動記述

(automatisme)へと至る詩的な散文の発展のなかで統一を企てられることになるだろうし、また絵画における印象派の問題も描かれるものと描くものとの行動的な時間による統一というパラレルな問題を含んでいるのだが、そうした多様な現代的な運動の言わば出発点に、ボードレールの散文詩は位置しているのである。確かに、アスリノー宛の書簡の直截なエクリチュールの行動に較べれば、完成された散文詩の方は、それが完成されている分だけ、エクリチュールの行動の痕跡を残してはいない。そこには、書かれた、生きられた行動が強く全面に押し出されている。だが、それを書きつつあったボードレール自身が、まさしく行動の「デモン」、エクリチュールの、仕事の「デモン」となっていたことは、忘れるわけにはいかないのである。「今こそはまさしく行動すべき時、現在の瞬間を様々な瞬間の裡でもっとも重要な瞬間と見なして、わたしの普段の責苦である仕事を、わたしの永続的快楽たらしめる時、その予感と徴候とが、すでに幾度神によって与えられたことであろうか![34]」――秒の衝撃によって分割された一瞬の現在、ボードレールの生の永劫の苦しみにほかならなかったこの非連続な「傷」としてのプレザンス、その永続的な反復としての仕事、労働、それをボードレールは、行動によって生き、そしてそれを、その対極にある快楽へと転化させようとまでする。[35]ここには、ほとんど「超人」的なまでの意志の発現を認めることができる。行動への意志、仕事への意志、それが『パリの憂愁』の内でも外でも、詩人の生の底を奥深く貫いている。憂愁は、こうして意志と結ばれることによって、理想なき存在の全体性を徹底して生き抜こうとする永続的な行動となるのである。行動も仕事も、現実的な時間や空間のなかでしか可能ではなく、また常に他者や自己にとっての非－固有なものと係わり、それらに支えられることなくしては成立しようがないのだから、それらは確かに純粋で固有な〈私〉の死のひとつの形態にほかならないのだが、しかしこの死は決してイデアルなものではなく、まさに瞬時存在によって現実性の地平で生きられている死なのである。実際、あれほど『悪の華』の至る所で志向されていたイデアルな死が、『パリの憂愁』においては驚くほど勢力を弱め、姿を消してしまっていることに、われわれは気づかざるを得ないだろう。もはや「死のアナロジー」[36]による慰藉の誘いにも、詩人は心を動かされはしない。そして、「この世の外へなら何処へでも！」という絶叫は、死による救済すらも拒否しているように思われる。それは、まるで死すらもがこの世の内にしかあり得ないかのようではないだろうか。現実とは、それほどまでに強靭であり、それほどまでに乏しいものである、とそこでボードレールは語ってはいないだろうか。おそらく、そのような比類なく徹底した現実に対する、そして人間存在に対する認識なくしては、ボードレールに、仕事という言葉、あるいは祈りという言葉を、熱っぽく書き付けさせることはできなかったに違いない。「仕事」、「祈り」、「健康」といった、少なくとも『悪の華』の詩人としては、もっともボードレール的ではない言葉が氾濫している「衛生」のノオトのなかで、ボードレールは彼自身で、この劇的な転回にひとつの日付を与えている。「そして今日、一八六二年一月二十三日、わたしはある奇怪な予告を受けた。わたしは、痴呆の翼の風がわたしの頭上を吹きすぎてゆくのを感じた」[37]が、それである。「痴呆の翼の風」という不思議な言葉が何を言おうとしているのか詳らかではないが、われわれにとっては、一八六二年という年が、『悪の華』再版刊行の翌年であり、彼の文学活動のまさしく韻文詩から散文詩への実質的な移行の中心に位置する年であることさえ知ることができれば、それ以上の穿鑿は無用だろう。この「痴呆の翼の風」が、再版刊行直後のボードレールを襲っていた「行動することの不可能性」、意志の喪失、あるいは自殺という安易な死の救済への願望といった一種の存在の麻痺状態[38]を打ち砕き、快楽や理想や希望が根絶やしになった真に乏しい現実性の土壌の上で、それでもなお、そうした存在の全体を彼自身に引き受けさせ、その現実性を仕事や行動を通して生きさせた、ということは確かである。いずれにせよ、韻文詩と散文詩とのあいだには、ひとつの大きな転回が存在する。

この転回は、行動、仕事、都市、群衆といった現実性の地平を横ぎっていくまったく新しい詩の冒険を産み出している。こうした現実性への回帰は、あるいは『悪の華』の輝かしい「芸術の光」にあまりにも目を眩ませられたあとでは、詩そのものの衰弱や敗北のように映るかもしれない。確かに、『パリの憂愁』の深い底には、詩という詩人にとっての本当に最後の希望、最後の超越性すらをも否定し、破壊してしまう現実という暴力が埋め込まれてはいないかと、われわれは疑うこともできないわけではあるまい。しかし、そうであるとしても、詩こそが、はじめてそのようなものとして現実性を把握したのであり、また詩こそが現実というものを人間の存在という根源的な次元から生きることをはじめて可能にしたのだということ、すなわち、この転回は、現実性への回帰というより、むしろ詩による現実性の発見なのだということ、それをわれわれは忘れるわけにはいかない。そこで詩が己に与えた散文という形式、そして仕事という形態、それらは、決して統一的なひとつの同一な超越者に行き着いてしまうことのない、永続的で、反復的な、絶えざる超越という意味において、まさしく存在の現実的な在り様の形式にほかならないのである。この永遠の「超越者なき超越」――こうして、ボードレールは様々な冒険、様々な試行を繰り返しながらも、常に自らに与えた当初のプロブレマティック、すなわち存在という現代性の尽きせぬプロブレマティックの渦中に身を置き続け、その解決不可能性そのものと接し続けるのである。そこには、驚くべき一貫性がある。そして、その一貫性こそ、ボードレールが己を詩人として選択し続けた真摯な誠実さの、なによりの証しではないだろうか。

第5章

心満ち足りて、わたしは山に登った、
そこからは、都市は一望隅なく眺められる、
病院も、娼家も、煉獄、地獄、徒刑場も、

そこではあらゆる偉大な罪が、花のように咲き誇る、
おお、悪魔、わたしの苦しみの守護者よ、おまえは知る、
益なき涙を流すために、わたしがそこへ行ったのではないと、

いや、まさに老いた無頼が老いた情婦に溺れるように、

その地獄の魅力が、絶えずわたしを若返らせてくれる
この巨大な娼婦に酔い痴れようとしてのことだと。

都市よ、おまえがまだ、重く、暗く、風邪気味の
朝の褥に包まれて、眠り込んでいようとも、あるいは、
純金の縫い取りをした夕べの幕のなかを、誇らかに歩いていようと、
おまえを愛する、おお、汚辱にまみれた首都よ！　娼婦と、
強盗と、かくもしばしば、おまえたちは、不信仰の俗人には、
絶えて知ることのないさまざまな快楽を齎すことか。(1)

『パリの憂愁』の「エピローグ」の全文である。これは、そればかりか、ボードレールの詩の冒険の全体に対するエピローグだ、と言っても、差し支えないだろう。しかも、このエピローグは、断片として残されている『悪の華』再版のためのエピローグの草稿と完全な類縁性を示している。「おまえを愛する、おお、わたしの美しいものよ、おお、わたしの魅力あるものよ(2)」という文章を含むその再版のためのエピローグは、パリという都市への韻文による呼びかけとして、散文詩のためのエピローグと同じ形態を見せている。だが、その再版のためのエピローグは、未完成のまま

の断片であり、かなり多くの部分にわたって言葉が抜けている。もちろん、そのエピローグが完成されなかったことについては、無数の要因が考えられるであろうが、しかし、われわれの読み方に従えば、その欠落の多い韻文は、都市という主題を全面的に展開することに対する韻文の限界を暗示していないわけでもないだろう。再版のためのエピローグの草稿は、われわれに『悪の華』から『パリの憂愁』へと大きく転回して続いていく道を暗示しているのである。そして、今度は、『パリの憂愁』のためのエピローグ、この完成された韻文詩が、逆に、われわれを散文詩の世界から、再び『悪の華』の方へと連れ戻しはしないだろうか。ここで歌われている都市という地獄は、もう一度、一個の人間の存在の奥深い地獄へとわれわれの眼差しを送り返しはしないだろうか。われわれは、『悪の華』から『パリの憂愁』への転回を強調してきたが、そして、その転回は詩の冒険としては決して可逆的なものではないだろうが、おそらくボードレールという一個の詩人の全体にとっては、これらふたつの世界は互いに循環し合っていたと考えなければならないだろう。むしろ、これらふたつの世界は、互いに入子構造のように、他方の世界の余白に浸透し合っている、と言った方が正確かもしれない。『悪の華』のひとつひとつの韻文詩の現在の拡がり、その余白にわれわれは都市の散文的空間を透かして垣間見ることができるだろうし、また『パリの憂愁』の散文詩が表している都市のひとつひとつの場面の手前に、あるいはその登場人物の眼差しの奥に、われわれは『悪の華』の実存のドラマを窺うことができるだろう。完成されたものと、未完成のものとこれらふたつのエピローグを結節点として、『悪の華』と『パリの憂愁』とは向かい合い、直接に結ばれ合っているように思われるのである。

「心満ち足りて、わたしは山に登った」――詩人は、都市の全体を見下ろす山の上に立っている。山とはいえ、それは決して都市の外に聳えている孤高の鋭峰などではない。それは、都市の真っ只中の小高い丘にすぎないであろう。詩人は、都市のありとある悪の只中にいる。都市とともに生きている。そして、それこそが、ボードレールが常に変わらずにとり続けた詩人としての位置であろう。彼は、都市の現実を、己の存在を超越し、空の高みへと登って行こうとは試みながら、遂にそのために自分の足をこの汚辱にまみれた地上から離しはしなかったのである。彼は、地上に留まる。留まり続ける、宿命によって、意志によって、そして愛によって。「おまえを愛する、おお、汚辱にまみれた首都よ!」――この一行はボードレールの世界全体に響き渡る極めて高い調子をもっている。彼は、なによりも、その悪において、その病において、都市の全体を愛するのである。都市を冒している悪も病いも、同じように、詩人の存在を冒している。都市の全体が、年老いた「巨大な娼婦」ならば、詩人もまた同じ病に取り憑かれた、汚辱にまみれた無頼にほかならないのである。ボードレールの都市への愛は、それ故に、己の存在への愛でもあるだろう。ボードレールは、単に憂愁と化した己の病める存在を引き受けるだけでなく、それをそのまま愛することによって引き受ける。都市への愛と重ね合わされたこの存在への愛こそが、ボードレールの詩の冒険の最後の到達点なのだとわれわれは言うことができるだろう。存在への問い、あるいは存在からの超越によってはじめられた冒険が、存在への愛によって終えられる。言うまでもなく、この愛は、決して幸福な愛というものではない。それは、むしろ不幸への愛ですらあるだろう。だが、この愛の前では、幸福とか不幸とかの言葉は、もはや色褪せてはいないだろうか。われわれは、晩年のボードレールが、経済的な困窮ばかりか、半身不随と失語症を伴う激痛の病に襲われ、悲惨の極みを生きなければならなかったことを知っている。「畜生（Crénom）！」という言葉以外のすべての言葉を奪われてしまった詩人――おそらく、詩人にとって失語症という病ほど苛酷な、悲劇的なものはないだろう。それは、まさしく生きたままで詩の死、詩人の死、そして真の死の力に立ち会うことだからである。……存在への愛、それは決して救済も、幸福も、希望も約束しはしない。だが、それでも、この愛には詩人の心を「満ち足ら」せるだけのものがあるのであり、またそれがなければ、詩人というひび割れた鐘は、「鳴り響くシンバルにすぎない」のである。この愛こそが、乏しき時代における、まさにただひとつの地上の愛（charité）なのであり、そして、それこそが、ボードレールのすべての詩が湛えているあの限りのない「優しさ」の源なのである。

苦悩（douleur）と優しさ（douceur）と――こうして、ボードレールの詩は、「人間」というものの紛れもない痕跡であり、その存在の絶えざる「傷」の光を発し続けているのである。

後記

書き終えるということは、恐ろしいことである。それは決して終わってはいないものを投げ出してしまうことであり、また、語られなかったもの、語られ得なかったもの、そして未だ語られてはいないもののなかで、この語られたものが、いかに僅かであり、いかに乏しいものでしかないか、自らに認めなければならないことだからである。

わたしは、ボードレールの詩を、現代性(モデルニテ)の様々なプロブレマティックの地平で読もうと考えていた。そして、その多様な現代性のひとつひとつの位相を通じて、ボードレールの作品を、マラルメ、ランボーから、シュルレアリスムへと至る現代文化の全体的な流れと重ね合わせ、言わば、ボードレールをそうした文化の全体へと解体しようと考えていた。だが、出来上がったものは、随分と当初の予定とは違ったものとなってしまっている。相当の紙数を割くはずであった、マネ、そして印象派の画家たちの作品との対応、フローベール、とりわけその『ボヴァリー夫人』との対応、ランボー、ロートレアモンとの対応などは、僅かに軽く触れられているに過ぎず、また、ワグナーやニーチェなどドイツ文化圏との関係もまったく省みられてはいない。しかし、言うまでもなく、それは、ボードレールの作品がそれに耐えられるだけのものを持ち得ていないということではなく、ただひとえにわたし自身の力量不足と、また時間の不足によるものである。だが、それよりも、そうした遠心的な探求だけでは覆い尽くせない詩の求心的な一貫性に足を掬われたのだ、と言うべきかもしれない。

ともあれ、はじめにプロブレマティックがあって、それを通して詩に接するという傾きの強い、詩にとっても、そしてわたし自身にとっても、極めて不幸な読み方から出発したわたしの作業は、ある意味では、詩そのものによって裏切られること、すなわち思いもかけない親密なボードレール像の発見の連続であった。すなわち、この拙い論文の執筆を通してはじめて、ボードレールはわたしにとって親しい詩人の一人となって行ったのである。折しも、深まりゆく秋のなかで、「秋の歌(Chant d'automne)」や「秋のソネ(Sonnet d'automne)」の悲しみと優しさとの静かな陶酔に、あらゆる問題を離れて、心奪われた時を過ごしたのも稀ではない。その限りでは、いま、ようやくわたしはボードレールについて語る資格を手にしたのだ、と言えるのかもしれない。

実際、書くことがそのまま考えることであり、発見することであるというわたしの作業の性格は、この論文の至るところにその痕を残している。用語の不統一などの形式的不備は、目を蔽うばかりであり、また論述の順序なども、決して最良のものではないだろう。書き直したいという気持ちは強いが、時間の都合上、諦めなければならないし、またもし書き直すことになれば、それはまたまったく別の冒険を営むことになるだろう。様々な不備、欠陥にもかかわらず、少なくともわたしにとっては、この論文は、それが、ボードレールを廻ってのわたしの思考の、まさに冒険としての在りのままの形を留めているということ、その一点において、かけがえのない価値を持つものではあるのである。

散文詩の問題や、他者の問題、そして都市の問題と言い残した問題は非常に多く、不充分さは免れてはいないから、決して「心満ち足り」ているわけではないが、それでも、ボードレールという山の一角に登ったという感慨はなきにしもあらずである。残された多くの課題は、なによりもここまでの経路をいま一度振り返り、この論文を徹底した反省の眼差しで読み返すところから出発してでなければ、正当には現われてはこないだろう。再び、思考の新たな冒険に向けて、この論文そのものが、超えられなければならないからである。

（一九七五年、十月—十二月）

註

一、ボードレールのテクストは、Garnier 版、Seuil 版などいくつかの版を参考にしたが、原則的には、*Œuvres complètes*, Gallimard, « Bibliothèque de la Pléiade », Paris, 1961 を使用した。これは略号 B.P. を用いて示してある。

二、邦訳も、同様にいくつかのテクストを参考にはしたが、ほぼ全面的に『ボードレール全集』全四巻、福永武彦編、人文書院、一九六三―一九六四年を主要テクストとして使用した。本文中の拙訳は、このテクストを参考にしながら一時的な訳を試みたものであるが、適当と判断したうえで、一部の字句の変更に留めたものも多く、また少数ではあるが、そのまま訳文を借りたものもある。

三、そのほかに、適宜次のふたつの Concordance を使用した。« A concordance to Baudelaire's *Les Fleurs du Mal* », Robert T. Cargo (éd.), The University of North Carolina Press, 1965. « Concordance to Baudelaire's *Petits Poèmes en Prose* », Robert T. Cargo (éd.), The University of North Carolina Press, 1965.

四、ボードレールのテクスト以外の訳文については、はじめからフランス語原書で接したものについてはそのまま訳を試み、また邦訳書で接したものについても、できる限り原文を参照しようと努めたが、一部手に入らなかったものについては、邦訳をそのまま引用した。その場合は、当然ながら、原文は掲げられてはいない。

五、なお論文本体の註には、論中に引用したフランス語テクストの原文が引用されており、それ以外にも詩篇全体の日本語訳が書かれている場合もあるが、本書には再録していない。

第1章

（1） Modernité という言葉の翻訳には曖昧さが付き纏う。「近代性」と「現代性」はかなりニュアンスの相違があるからなのだが、ここでは、十九世紀の中頃のフランス文化史上に決定的な断絶があるとする認識のうえにたって、その断絶のまさしく狭間に身を置いて担っているボードレールを、現代からの視点で読む試みであるのだから、後者を選ばざるを得なかった。こうした認識に関しては、次の書物を参照することができる。Michel Foucault, *Les mots et les choses*, Gallimard, 1966. とりわけ chap. IX を参照。Rolan Barthes, *Le degrè zéro de l'écriture*, éd. Gauthier, Paris, 1969. とりわけ pp. 49-54 を参照。

（2） B.P., p. 104.

（3） B.P., p. 104.

（4） B.P., p. 104.

（5） B.P., p. 104.

（6） B.P., p. 104.

（7） B.P., p. 74.

(8)　B.P., p. 39.

(9)　B.P., p. 76.

(10)　« Mal » という一語をこのように、「悪」と「病」という二重の意味（double sens）として読むことの正当性は、なによりも『悪の華』の初版と再版に等しくその巻頭を飾っているテオフィル・ゴーチエへの献辞によって与えられる。そこには、Je dédie CES FLEURS MALADIVES（この病める花々を捧げる）とある。おそらくは、この「悪」と「病」との両義的な関係は、註7に見られるような、ボードレールの存在の根源的な二重性の、ほとんど集約的な表現として考えられなければならない。

(11)　B.P., p. 153.

(12)　B.P., p. 153.

(13)　B.P., p. 153.

(14)　J-P. Sartre, *Baudelaire*, Gallimard, 1947, p. 19.

(15)　*Ibid.*, pp. 20-21.

(16)　*Ibid.*

(17)　ボードレールの母カロリーヌが陸軍少佐ジャック・オーピックと再婚した時である。当時、ボードレールは七歳であった。

(18)　母への手紙（一八六一年五月六日付）。J-P. Sartre, *op. cit.*, p. 18 に引用されている。

(19)　「「悪」から「美」を引き出すということは、わたしにとって楽しくもあり、またその仕事が困難であればあるほど、快いものであった」（B.P., p. 185）。

(20)　「だが、「悪のなかでの精神の動揺」を表現すべく定められている書物を、別な仕方でつくることは不可能であった」（B.P., p. 181）。

(21)　B.P., p. 185.

(22)　前註のボードレールの文章の下敷きとなっているサント・ブーヴの言葉による。

(23) B.P., p. 16.

(24) 例えば « Projets de préface I » (B.P., p. 184) を参照。

(25) 例えば « Fusée XIV » を参照。「「進歩」ほど不条理なものはない。というのも、人間は、日常の事実が証明しているように、常に人間と同類で同じであり、すなわち、常に野蛮な状態と同じであるのだから」(B.P., p. 1260)。

(26) B.P., p. 16.

(27) B.P., p. 16.

(28) 「そして、わたしが夢みる新奇な花々が、石礫のように洗われたこの土壌に、花々の生気を産み出す神秘の糧を見出すかどうか?-」(B.P., p. 16)

(29) « Projets de préface pour *les Fleurs du Mal* » (B.P., p. 16) のなかの表現。« Le Squelette laboureur » (B.P. pp. 89-90) にも類似の表現がある。

(30) « Le Spleen de Paris » (B.P., pp. 303-304) のなかの一散文詩。

(31) B.P., p. 153.

(32) B.P., p. 79.

(33) B.P., p. 10.

(34) B.P., p. 82.

(35) B.P., p. 82.

(36) B.P., p. 1247.

(37) 以下を参照のこと。阿部良雄「『悪の華』のJe——文体論的・倫理的一考察」『中央大学八〇周年記念論文集』中央大学、一九六五年。

(38) Maurice Merleau-Ponty, *Signe*, éd. Gallimard, 1960, p. 65.（モーリス・メルロ＝ポンティ『シーニュI』竹内芳郎ほか訳、みすず書房、一九六九年、七八頁）

(39) B.P., p. 11.

（40） Cf. Gaston Bachelard, *La Poétique de l'Espace*, Presses Universitaires de France, 1957, pp. 174-181.

（41） B.P., p. 1098.

（42） B.P., p. 376.

（43） ジャン＝ピエール・リシャール『詩と深さ』有田忠郎訳、思潮社、一九六九年、一八〇頁。

（44） B.P., p. 11.

（45） B.P., p. 11.

（46） B.P., p. 11.

（47） Gaston Bachelard, *La Poétique de l'Espace*, *op. cit.*, p. 175.

（48） B.P., pp. 1213-1215.

（49） B.P., pp. 972-973.

（50） これまでの照応に関する記述のなかで、わたしはほとんどその共感覚的側面を重視していないという点について批判があり得るかもしれないが、それは、「共感覚的知覚は、通例のものであり」、決して「例外的な現象ではない」からである。「感覚することの原初的な層（couche originaire du sentir）」が見出されることこそが中心なのであって、共感覚は、その必然的な派生態にすぎないのである。Maurice Merleau-Ponty, *Phénoménologie de la Perception*, Gallimard, 1945, pp. 241-280.

（51） B.P., p. 186.

（52） Stéphane Mallarmé, « Crise de Vers », *Œuvres complètes*, Gallimard, « Bibliothèque de la Pléiade », 1945, p. 368.

（53） B.P., p. 1256.

（54） B.P., p. 690.

（55） B.P., p. 184.

（56） Paul Verlaine, « Art poétique », *Jadis et Naguère*, Léon Voguet, 1921, pp. 23-24.

（57） *Ibid.*

(58) *Ibid.*

(59) Cf. B.P., pp. 5-6.

(60) B.P., p. 51.

(61) この問題は極めて難しい。というのも散文そのものは、後で見るように、声の死という声の否定のうえに立ってしか現われ得ないからである。しかし、少なくともボードレール自身の意識にとっては、言語、とりわけ詩の言葉の究極的なモデルは、終生変わらず〈声〉であったように思われる。実際、ボードレール自身は、彼の散文詩がもたらした散文性というものの真に現代的な意味を完全に自覚していた訳ではないだろう。この問題は、先にいってもう少し本質的に整理されなければならないはずである。

(62) S. Mallarmé, « Crise de vers », *op. cit.*, p. 367.

(63) B.P., p. 51.

(64) B.P., p. 10.

第2章

(1) S. Mallarmé, « Crise de vers », *op. cit.*, p. 368.

(2) Jacques Derrida, *La voix et le phénomène*, Presses Universitaires de France, 1967. 以下の、とりわけ声についての叙述の多くは、この書物に負うところがある。しかしながら、フッサールの『論理学研究』の精密な読解を通して、現象学全体に対する極めて根源的な（「根源が非‐根源だ」とする本書にとっては皮肉な言い方であるが）批判を展開している本書は残念ながら、まだわたしが充分に理解し得ていない部分を蔵しており、なるべく直接的な引用を避けようと考えているが、しかし第1章で見てきたボードレールの照応の世界は、ある意味ではまさしく現象学的なものであろうし、哲学と文学という地平の相違——これがわたしに様々な困難をもたらすものではあるが——にもかかわらず、本書とわたしの論述の方向は異なっていない、と言えそうである。この「自分自身を聞く」に関しては、またこれに続く論述についても、同書の pp. 15-16 を参照されたい。

(3)　*Ibid*., p. 89.
(4)　B.P., p. 1256.
(5)　B.P., p. 1257.
(6)　B.P., p. 376.
(7)　B.P., p. 376.
(8)　B.P., p. 377.
(9)　Paul Verlaine, « Art poétique », *Œuvres Complètes*, tome V, Gallimard, 1953, p. 26.
(10)　M. Merleau-Ponty, *Phénoménologie de la perception*, Gallimard, 1969, p. 491.
(11)　B.P., p. 1271. ふたつの自我の集中と拡散（気化）は、彼の「ワーグナー論」の叙述などにも、その照応するものを見出すだろう。集中と拡散は、そこでは、孤独と夢想という対として表現されている。集中と拡散にしろ、孤独と夢想にしろ、これらは並列的に置かれているのではなく、同時的なもの、相補的なものとして把えられていることには注意しなければならない（Cf. B.P., pp. 1213-1214)。
(12)　B.P., p. 180.
(13)　B.P., p. 184.
(14)　B.P., p. 1260.
(15)　B.P., p. 15.
(16)　B.P., p. 71.
(17)　ヴァルター・ベンヤミン「ボードレールのいくつかのモティーフについて」円子修平訳、『ヴァルター・ベンヤミン著作集六』晶文社、一九七〇年、六〇頁。
(18)　B.P., p. 1279.
(19)　B.P., p. 71.
(20)　B.P., p. 68.

(21) ヴァルター・ベンヤミン「ボードレールのいくつかのモティーフについて」、前掲書、七四頁。

(22) この運動に関しては、少なくとも初版より再版の方が、明確な充実した内容を『憂愁と理想』のチクルスに与えているように思われる。

(23) B.P., p. 71.

(24) B.P., p. 72.

(25) B.P., p. 359.

(26) B.P., p. 177, 180.

(27) B.P., p. 73.

(28) « Notes Nouvelles sur Edgar Poe », in *Œvres Complètes de Baudelaire*, Cal. L'Intégrale, Seuil, 1970, p. 352.

(29) B.P., p. 365.

(30) B.P., p. 366.

(31) B.P., p. 68.

(32) B.P., p. 72.

(33) B.P., p. 69.

(34) B.P., p. 69.

(35) B.P., p. 1262.

(36) B.P., p. 1262.

(37) B.P., p. 1264.

(38) マルティン・ハイデッガー「乏しき時代の詩人」手塚富雄ほか訳、『ハイデッガー全集Ⅴ』、一九七二年、八頁。

(39) マルティン・ハイデッガー『存在と時間』原佑訳、中央公論社、一九七一年、四一〇頁。

(40) B.P., p. 172.

(41) Cf. B.P., p. 76.

(42) ボードレールにおける〈数〉（Nombre）という言葉の意味は、とても明確に定義できそうではない。しかし、彼はこの概念を多用している。ここでの文脈からは、例えば次の一節を参考のために掲げておこう。「すべては数である。数はすべてのなかにある。数は個のなかにある。酩酊はひとつの数である」（B.P., p. 1247）。

(43) B.P., p. 82.

(44) B.P., p. 17.

(45) Cf. Henri Bergson, *Matière et mémoire*, Presses Universitaires de France, 1965, chap. III. またベルクソン批判の一例として、Maurice Merleau-Ponty, *Le Visible et l'invisible*, Gallimard, 1964, p. 163 を参照のこと。

(46) B.P., p. 83.

(47) B.P., p. 24. ボードレールは、一八四一年から四二年にかけて、モーリス島、ブールボン島へ旅行をしている。この詩は、そのときの追憶が中心になっているとされている。

(48) B.P., p. 24.

(49) B.P., p. 24.

(50) B.P., p. 112. ちなみにボードレールはシテール方面に旅行したことはなかったらしい。

(51) B.P., p. 83.

(52) B.P., p. 84.

(53) B.P., p. 81.

(54) B.P., p. 69.

(55) 例えば、註47、48、49の « Parfum exotique » の « les deux yeux fermés » など。

(56) 例えば B.P., p. 82 を参照。

(57) ここまでのプルーストに関係する叙述に際しては、すでに掲げたベンヤミンのボードレール論の他に、次の書物を参照している。平井啓之『ランボオからサルトルへ』清水弘文堂、一九六八年、第三章「プルースト論」、一〇五―一四二頁。

(58) B.P., p. 88-89.
(59) B.P., p. 88-89.
(60) B.P., p. 88-89.
(61) B.P., p. 88-89.
(62) B.P., p. 78.
(63) B.P., p. 1271. また B.P., pp. 1213-1214 を参照。
(64) B.P., p. 1277.
(65) B.P., pp. 76-77.
(66) B.P., p. 74.
(67) 例えば、« Une Charogne » (B.P., p. 29) の冒頭や、« Sisina » (B.P., p. 58) の冒頭、« l'Invitation au voyage » の冒頭などの呼びかけも、このヴァリエーションとなっている。
(68) 例えば、« Le Coucher du soleil romantique » (B.P. p. 133) など。あるいは、照応とのもっと密接な関係を暗示している « Le flacon » など。
(69) この文脈に直接的に対応するかどうか明確ではないが、先の « L'héautontimorouménos » の最終節 « Je suis la plaie et le couteau! » からはじまって、四つの対句が続くところで、その対の各々は男性名詞と女性名詞との対によって形成されていることを、ここで指摘しておきたいと思う。これは先で再び取り上げる予定である。
(70) Cf. J. Derrida, *La voix et le phénomène, op. cit.*, chap. VII, « Le supplément d'origine », pp. 98-117.
(71) B.P., p. 180.
(72) 例えば B.P., p. 95 を参照。
(73) B.P., p. 912-913.

第3章

（1） La Rochefoucauld, « Les Maximes » (1678), *Œuvres complètes*, Gallimard, « Bibliothèque de la Pléiade », 1964, p. 406.

（2） B.P., p. 120.

（3） 例えば第2章の註67で掲げた « Une Charogne » などは、死屍の回想そのものが死のパースペクティヴをそのまま構成している。

（4） B.P., p. 15.

（5） B.P., p. 33. その他にも、例えばB.P., p. 69を参照。

（6） B.P., p. 119.

（7） B.P., p. 1273.

（8） B.P., pp. 45-46.

（9） B.P., p. 119.

（10） B.P., p. 71.

（11） Cf. B.P., p. 114.

（12） 参考のために、ボードレールが一八四五年六月三十日、二十四歳の時のことだが、実際に自殺を試みたとき、後見人アンセルに宛てた手紙を引用しよう。そこには、すでに死という希望による反逆の試みが認められるだろう。「私はもうこれ以上生きることができず、眠りにつくことの疲労と目覚めることの疲労とが私にとって耐え難いゆえに、自分を殺します。私は他人たちにとって無用であり——かつ自分自身に対して危険であるゆえに、自分を殺します。私は自ら不死であると信じるゆえに、私は希望を持つゆえに、自らを殺します」（人文書院版全集、第二巻、二九四頁）。

（13） B.P., p. 120.

（14） B.P., pp. 122-127.

（15） B.P., p. 72.

（16） J. Derrida, *La voix et le phénomène, op. cit.*, p. 115.

（17） S. Mallarmé, « Quant au Livre », *Œuvres complètes*, Gallimard, « Bibliothèque de la Pléiade », 1945, p. 378.

（18） ステファヌ・マラルメ「アンリ・カザリス宛書簡（一八六七年五月十四日付）」松室三郎訳『世界文学体系43』筑摩書房、一九六二年、八一頁。その他、「アンリ・カザリス宛書簡（一八六六年五月）」（同書、七五頁）、「テオドール・オーバネル宛書簡」（同書、七七頁）なども参照のこと。

（19） B.P., p. 122.

（20） B.P., p. 122.

（21） B.P., p. 173.

（22） B.P., pp. 89-90.

（23） B.P., p. 72.

（24） B.P., p. 189. その他に B.P., p. 31, 39 を参照。

（25） B.P., pp. 96-98.

（26） B.P., pp. 96-98.

（27） B.P., pp. 96-98.

（28） Gérard de Nerval, « Aurélia ou le rêve et la vie », *Œuvres complètes*, Gallimard, « Bibliothèque de la Pléiade », 1966, p. 359.

（29） B.P., p. 1252.

（30） B.P., p. 172.

（31） B.P., p. 172.

（32） B.P., p. 172.

（33） B.P., pp. 91-92.

(34) このような点において、恐らくボードレールのこの光景は、マネのタブローと密接な親近関係を結んでいる。例えば、あの《マクシミリアンの皇帝の処刑》との類縁性。それについて、ジョルジュ・バタイユは「観客は無関心(アパシー)の中を彼についてゆく。このタブローは奇妙にも歯の麻酔を想い出させる。このタブローからは拡がってゆくしびれの印象が発散してくる、まるで熟練した臨床医が朝飯前といった調子で、丹念に、「雄弁をつかまえ、そのくびを折りたまえ」というあの第一の掟を適用したかのように」(ジョルジュ・バタイユ『沈黙の絵画——マネ論』宮川淳訳、二見書房、一九七二年、七三頁)と書いている。マネは、確かにこの処刑という極めて感情的な主題を、「不感覚なもの」として描いている。そこには、確かに「主題の意味作用の抹殺」を読むことができる。だが、逆に、彼は「死の光景」そのものを再現しなかったとはいえ、この無関心、この麻痺を通して、画家の主体そのものの死を分泌しているのではないだろうか。実際、マネの絵画は、例えばモネの絵画のような、光という媒介による画家の世界への、そしてタブローそのものへの現前を徴してはいないとはいえ、しかし古典時代の絵画のように画家の存在そのものが、完全に透明になってしまっているような絵画でもない。タブローは、画家の存在の不在そのものを見せているのである。そして、その限りで、マネの冒険は、確かに「非人称の冒険」となっている。その他にも、マネの絵画に現われる鏡の役割など、マネとボードレールとの関係は、彼らの具体的な交遊関係やエピソードなどを離れた作品そのものの次元で、明確に対応を見出されるはずである。

(35) B.P., p. 1544. « Le Jeu » 初版の元の第一節、二行目から四行目が再版とは異なっている。

(36) 以下を参照のこと。宮本忠雄「二重身・憑依・多重人格」『現代思想』一九七四年七月号。例えば、そこで紹介されているように、「自分自身」の姿を見る夢は、日本でもヨーロッパでも、近いうちにその人間が死ぬという前徴として考えられていたこと、それは極めて興味深い。

(37) 『ヨハネ黙示録』第二一章－第二二章。その他にも、トマス・モアの「ユートピア」、ノヴァーリスの『青い花』などにも類似性がある。

(38) B.P., pp. 96-98.

(39) B.P., pp. 96-98.

（40） B.P., pp. 96-98.
（41） B.P., pp. 96-98.
（42） B.P., p. 172.
（43） B.P., p. 317.
（44） B.P., p. 316.
（45） おそらく、ボードレールの苦悩の、そしてその「存在の冒険」の唯一の正統な後継者は、フランツ・カフカである。ボードレールは、まっすぐにこの二十世紀のもっとも鋭敏な小説家に繋がっている。カフカの日記の至るところで、われわれは、実際ボードレールが書きもしたであろうような表現、イマージュに出会うことだろう。そして、なによりもアナロジーや、謎めいたアレゴリーによって織られている彼の作品世界。そこには、国境を越え、時代を越えたボードレールとの真の対応関係がある。カフカに比べれば、フランスの詩人達、とりわけプルーストや、ヴァレリーなどは、ボードレールの世界を、すでに述べたように知性と感性との分析を通して、部分的に受け継いでいるにすぎない。
（46） B.P., p. 180.
（47） 言うまでもなく、一八五五年一月に死んだ詩人ネルヴァルのことであるが、ボードレールが、この死に異常な衝撃を受けたという有名な事実がある。
（48） イヴ・ボヌフォワ「『悪の華』への序文」田中淳一訳、『ユリイカ』一九七三年臨時増刊号、六二頁。
（49） B.P., p. 39.
（50） イヴ・ボヌフォワ「『悪の華』への序文」、前掲書、六五頁。
（51） B.P., p. 92.
（52） B.P., p. 1252.
（53） B.P., p. 77.
（54） B.P., p. 77.

(55) B.P., p. 9.
(56) B.P., p. 122.

第4章

(1) B.P., p. 229.
(2) B.P., p. 229.
(3) B.P., pp. 122-127.
(4) B.P., p. 229.
(5) B.P., pp. 311-319. 題目の番号は112まで数えられるが、重複しているものも多いから、100を割るであろう。しかし、『パリの憂愁』には含まれていて、計画の方には含まれていないものも相当数ある。
(6) B.P., p. 314.
(7) B.P., p. 240.
(8) B.P., pp. 243-244.
(9) ジャン＝ピエール・リシャール『詩と深さ』、前掲書、六九―七〇頁。ランボーの方については *Œuvres de Rimbaud*, Garnier, 1960, pp. 344-345 における一八七一年五月十三日 Georges Izambard 宛書簡、十五日付の Paul Demeny 宛書簡を参照した。
(10) B.P., p. 1294.
(11) B.P., p. 1294.
(12) B.P., p. 1294.
(13) B.P., p. 1247.
(14) B.P., p. 1294.
(15) B.P., p. 244.

(16) B.P., p. 269.

(17) B.P., p. 291.

(18) B.P., p. 303.

(19) B.P., p. 109.

(20) この現実的な見ることは、散文詩のもうひとつの柱となるはずであった夢と決して矛盾しはしない。散文詩における夢もまた、われわれが述べてきたような照応としての夢の崩壊から出発しているのであり、それはむしろ、白日のもとでの眼差し以上に、現実的なものとして現われているからだ。本論における「現実的」という言葉の意味は、通常の意味から少しずれたところで使われている。現実とは、あくまでも存在という現実を意味している。幸福な夢から、絶望的な悪夢への転換の裡に、声としての夢から、眼差しとしての夢への転換をわれわれは見ているのだし、それはすでに「賭博」の詩の解析を通じて予感されていたものであろう。

(21) B.P., p. 305.

(22) B.P., p. 62.

(23) « Assommons les pauvres! » (B.P., pp. 304-306) を参照のこと。

(24) « La Fausse monnaie » (B.P., pp. 273-274) を参照のこと。

(25) B.P., p. 244. Cf. B.P., p. 208.

(26) B.P., p. 1296.

(27) B.P., pp. 1300-1301.

(28) B.P., p. 255.

(29) B.P., p. 1266.

(30) B.P., p. 1266.

(31) B.P., p. 1267.

(32) B.P., p. 1268.

（33） 一八五六年三月十三日付書簡。人文書院版全集、第二巻、三四四―三四七頁。
（34） B.P., p. 1265.
（35） ボードレールにとっては、快楽とはなによりも、純粋な生の超越性を開示するものであった、ということを忘れないでおこう。イデアルな生と現実的な労働――それは、十九世紀後半の文化の新しい経験領域であり、ふたつの相反する常数である。生活と生との分離、それがこの時代に極めて顕著になった現象であり、文学の営為もそれとは無関係ではないのである。われわれが例えば『ボヴァリー夫人』に見出すのも、生活と生との分離を、生の統一性によって超えようとする一人の人間の生き方であるのだし、彼女は（あるいは、彼は、と言うべきだろうか）、恋愛という現代性の快楽を通して、それを実現しようとし、そして、それが果されないと、死によってそれを成就する。この軌跡は、おそらく、『悪の華』を貫いているひとつの方向と確実な対応を示しているであろう。
ところが、フローベールの現実的な文学制作の営みは、彼が「文体の職人」と言われるように、労働の側面を強く見せている。このレヴェルでは、言語活動は、労働と強く結ばれている。そして、われわれは、ボードレールの『悪の華』に、言語活動＝生、というひとつの方向を、そして『パリの憂愁』に、言語活動＝労働というもうひとつの方向を見出すのである。そして、生から労働へというボードレールの転換とパラレルな転換を、われわれは、ランボーの作品の裡にも認めることができるはずである。言語活動、生、労働のトリアードについては、M. Foucault, *Les mots et les choses*, *op. cit.*, pp. 262-213 を参照のこと。
（37） B.P., p. 1265.
（38） 一八六一年二月あるいは三月、そして四月一日付の母への書簡を参照のこと。

第5章

（1） B.P., p. 310.
（2） B.P., p. 179.
（3） B.P., p. 1268. 聖書「コリント前書」第一三章―一参照のこと。

Douleur et Douceur — ainsi, les poèmes de Baudelaire,
authentiques traces de l'être humain, ne cessent de faire rayonner,
de ses interminables plaies, des fleurs de lumière.
Y.K.

補遺

イマージュⅠ——記号とその影

記号は、垂直に、書かれる。——あらゆる白紙、あらゆる膜（網膜、鼓膜、声帯……）、すなわち、あらゆる表面に対して、おそらくは二重の仕方で、垂直に、書かれる。

というのも、まず、記号は常に書き込まれるからであり、表面という厚みのなさそのもののなかへ刻み込まれる〈場処を持つこと〉、それが書くという出来事の起る場所だからである。

そして表面はこの記号という出来事に、同時に外側からも内側からも属しているのだから、記号以前にそこにア・プリオリな表面があるわけではあるまい。それはむしろ記号とともに、記号を通じて表面化するような、全き可能性、もしくは不可能性と化した記号の行為、およびその舞台なのである。記号の表面、鏡の表面、……だが、あるいはこの時、それはもう何ものの表面でもないのだ、と言わねばならないのかもしれない。しかし、表面はあくまでも〈　の表面〉であろうし、むしろそれはこの「の」という記号と記号の間の分＝節、何ものにも行き着かないむき出しの方向（サンス）、そうした運動が持つような場処なのではないだろうか。とすると、今度は、表面は垂直的だ、そして更には、表面は垂直においてこそ表面なのだ、ということになるだろう。実際、鏡においてであれ、記号においてであれ、人は決して表面そのものを見ることはできないのだ。それにもまして、なによりもそれは〈他〉の可能性、その徹底的な開かれてあることの裡に自らを隠すものなのだから、表面は表面そのものとしては決してあり得ないのである。こうして、その〈そのものであること〉の不可能性において、その不可視性、その垂直性において、表面

表面はあらゆる深さをかわす。そこからは内部、時間論、あるいは意識といった近代的というよりはむしろ形而上学的、存在論的モチーフはすべて滑り落ちる。どこへ？　あるいはむしろ、それらはそこで底なしの深さのなさの中にとらえられるのだ。鏡のたわむれの中で、ひとは無限に表面にいる。

——宮川淳

はもうひとつの〈奥行〉として理解されなければならなくなる。鏡がいわば〈奥行〉を二乗することによって〈奥行〉の眩惑を演出するように、白紙はつねにすでに書かれてある記号を消すことによって表面を演出するのである。だから表面はまさしく〈紙片と眼差とのあいだに〉しかありはしないのだし、この〈間〉そのものに他ならないのである。だとすれば、表面について「底なしの深さのなさ」と言われるのだとしても、それはむしろ深さと深さのなさとの限りない一致、それら相互の果てない替り身、戯れとして読まれなければなるまい。そのような様々な次元の換位可能性こそが表面なのであり、知覚における〈奥行〉が全体的な「場所」の経験であったように、それは全体的な記号の場処、またその経験であろうし、シニフィエにしろ、シニフィアンにしろ、それらはこの唯一の場処からの抽象にすぎないのだ。そして、〈奥行〉によってこそセザンヌが〈存在の燃え拡がり〉を追求していたのであれば、いま表面、この記号の〈奥行〉が求められるのは、なによりも記号の燃え拡がり、言葉の火、シニフ

奥行は、むしろいろいろな次元の換位可能性の経験そのものなのだ。つまり、すべてが、同時にあり、高さ・大きさ・距離がそこからの抽象でしかない全体的な「場所」の経験であり、〈物がそこにある〉という言い方で一口に言い表わされる〈ヴォリュームというもの〉の経験なのである。セザンヌが奥行を追求している時、彼はこの〈存在の燃え拡がり〉

ィアンのではなく、まさに記号という全体的な場処の焔としての戯れを通してなのである。

　記号、そして記号を書くとは、もともと記号のものであるこの場処を記号が再び持つことなのだから、たとえそれがあたかも純白の白紙への暴力的な侵犯として現われるのだとしても、記号はほとんど自らを犯すのに他ならず、また白紙はもうはじめから犯されているのである。記号という出来事は、白紙に染みや黴を、膜に振動を、すなわち表面に裂け目をもたらし、そうしてこの場処を出来させるのだが、当の表面はこの時はじめて表面化され、またその時同時に、裂け目の肯定性そのものによって消失せしめられ、脱落せしめられることになるのだ。言い換えれば、犯行の痕跡だけは残されながらも、まるでいかなる犯行も起らなかったかのようなのであり、この出来事自体が既に犯され、既に盗まれてしまっているようなのだ。根源は常に出来事に先立って奪われており、しかもこの出来事こそがその奪取をはじめて上演するのである。それ故に、記号の場処であるこの裂け目も、単なる空間

をこそ求めているのであり、したがって
奥行は〈空間〉のあらゆる様式のなかに、
さらには〈形〉のなかにさえあるのだ。
――メルロ＝ポンティ

的な差異に終ることなく、同時に時間的な差異であるのだし、それどころか、まさしく〈時間＝空間〉的な、時空以前の間、の差異、差異という間、なのであり、そのようなものとして場処と言われているのである。

こうして、われわれは、シニフィアン－シニフィエという二分的な記号概念以前の、この対立こそがそこから産み出されてくるような間の運動、記号の野生的な場処、すなわち裸の記号に出会うことになるだろう。だから詩人が「花！」と言い、そしてその時「立ちのぼる」ものがあるとすれば、それはその垂直性、不可視性において確かに「におやかな」この場処そのものであるだろう。だが、そうなると、記号は徹底して己自身を現わしており、そのシニフィエはむしろ記号そのものの他者である、と言わなければならないのではないだろうか。――開かれてあることを通じて開かれてあるという己自身を告げ、自らにおける超越を通じて、自らを超越そのものとして現わす、――記号は自らに垂直に交わっているのであり、〈自〉と〈他〉、見えるものと見えないものとの

私が「花」と言う時、私の声は、はっきりした輪郭を何もあとにのこさず、すぐに忘れられてしまう。が、同時に、われわれの知っている花とはちがった、現実のどんな花束にもない、におやかな、花の観念そのものが、言葉のもつ音楽の働きによって立ちのぼるのである。

――マラルメ

絶えざる、野生的な、そして可逆的な交錯、転回、記号の不可能性の不可能性そのものである全体的な、可能的なるもの、更には世界の絶対的に垂直なるもの、そのようなものとして場処の出来事なのだ。ここにおいて、記号は紛れもなく存在として、直接に世界へと帰属しているのである。いや、そればかりか、存在も既に記号なのだ、と言われなければなるまい。存在も記号も、世界の絶対的な垂直性によって貫かれたひとつの同じ場処であるのに他ならないのだ。

おそらく、今日の記号論の意義は、この記号と存在との「本来的な可逆性」によってこそ支えられているのである。

そしてまた、例えば現代美術、とりわけルネ・マグリットや、荒川修作などの画面を構成しているプロブレマティックも、記号論的な次元でではなく、少なくとも記号的な地平で考えられる限りは、超越的なシニフィエの不在であるよりは、むしろ記号と存在とのこの可逆性、絵画ばかりか、あらゆる文化のこの根底的な可能性への極めて徹底した追求であるだろう。言うまでもなく、形もまた記号であり、存在である

存在しているのは、諸世界や一つの世界や一つの存在であって、事実の総体とか観念の体系とかではなく、無・意味の不可能性、存在論的な空虚の不可能性なのである……。

——メルロ＝ポンティ

るのだが、その形が言葉へと置き換えられたり、言葉と並置されたりしていることによって、それらの画面は、極めてはっきりと記号に、それまで忘れ去られてきた記号そのものの存在を返そうとしているのだが、それにしてもここで記号の側から問われているものも、決して、いわばセザンヌにあって存在の側から問いかけられていたものと別ではないのである。実際、いま考えられているような裸の存在、裸の記号にとっては、超越的なシニフィエなど、そしてシニフィアンすらもが、不在であるのだし、この不在こそが記号の超越であり、記号の可能性なのだ。形にしろ言葉にしろ、記号が語るのは、存在にあってと全く等しく、もっとも一般的な場処、〈へ　がある〉、あるいは、〈へ　という〉以外のなにものでもあるまい。そして、画家や、詩人が、存在そして記号に語らせようとする時、彼らはなによりもこの一般的な場処の声を求めているのである。――だが、この場処は常に〈他〉の可能性であった。〈他〉においてしかこの場処は自らを語りはしないのだ。すべての存在、すべての記号は、本来的に他の存在、

われわれは絵画の窓を通じて直接に事物を見ていると信じている――ここに壁がある、ここに天井、ここに窓、ここに手があり、皿がある……しかし、そのとき、じつはわれわれは事物ではなく、ディスクールに行きつくのだとすれば？　こうして荒川修作の画面から事物の姿は次第に薄れてゆき、やがて――きわめて論理的に――ことばに置き換えられる。

――宮川淳

他の記号を要請しているのであり、そしてあとから追補されたその〈他〉によってはじめて己に出会うのである。その意味では、間接的ではないような記号などありはしないのであって、〈他〉が追補されることによって、すなわちもう一度別の仕方で書かれることによってこそ、記号は記号となるのである。こうしてシニフィアンが生まれ、シニフィエが産み出される。しかし、その時それは既にひとつの断言、ひとつのディスクールであるだろう。実に、シニフィアンもシニフィエも、ともに同じものにおける別々の記号に他ならないのだから、ここにあるのは、記号の連鎖、しかも既に構造化されている連鎖なのである。〈――は……である〉、〈――がある〉。だから、記号は二重の書くことが織りなすこうしたディスクールの裡でしか、己を語ることはあり得ない。主辞と賓辞、記号と記号の間の差異、そこにこそあの記号の固有な場処〈　　がある〉が、拡がりを持っているのである。しかし、一方では、このディスクールは、記号と記号を置き換え可能な等置関係におくことによって、その垂直的な差異を

〈われわれが見たり見せたりするもの〉に対する〈存在するもの〉の歳差、〈存在するもの〉に対する〈われわれが見たり見せたりするもの〉の歳差、それがほかならぬ視覚なのである。

――メルロ＝ポンティ

いわば表面化し、更には消去し、そして視覚において眼差しが脱落するのと同じく、自らを透明なものとしてしまうのだ。明らかに、眼差しも、またこのディスクールの、差異の冒険なのであり、また逆にこのディスクールこそが、表面、すなわちあの記号の奥行なのである。

さて、こうしてシニフィアンがシニフィエに、シニフィエがシニフィアンに送り返され、そこに一種の循環が惹き起される時、このディスクールを通じて意味が沈澱しはじめる。それはディスクールの一種の求心性であり、記号と存在の可逆性の、記号と記号の可逆性への審級を規制しているあの垂直性に対する了解である。世界は意味において、己に出会うのであり、それ故に、世界もまた限りなく自らに垂直に交わるものなのだと言えよう。意味はここでは、世界の自己反省、自らに対する折り重ねであり、そして例えば、自然と文化というような対立も、この互いに垂直に交わるひとつの同じ世界から出発してでなければ、正当には理解され得ないだろう。実際、われわれが考えている世界の絶対的な垂直性と

ディフェランスの運動は、それがあらゆる差異化されたものを生じさせる限りにおいて、即ち、それが差異を生じさせる限りにおいて、われわれの言語に刻み目をつける〈諸概念のあらゆる対立〉の、たとえばいくつか例をあげるだけにしますが、感覚的／知的、直観／記号作用、

いうものも、自然と文化とが絡みあい、出会う、その仕方そのもののことなのだ。だから、意味は常に、この垂直性、この世界のロゴスとでも言うべきものに取り囲まれ、それに貫かれている。しかもそれ故にこそ、生な意味の発生は、とりもなおさず、意味の沈殿、意味の制度化のはじまりでもあるのだ。すなわち、もし自然が〈第一日目〉にあるとすれば、文化もまたそうなのであり、世界のあの燃え拡がる火が決して絶えることがないのだとしても、この火に立ち会い、この火に焼かれるためには、われわれは一切の文化を横切り、その縁にまで赴かなければならないのである。そして、例えば、記号の間の無限の移送——それはあの〈——は……である〉というディスクールの無限の反復によってもたらされるのだが——によって、われわれが沈澱した意味を揺り動かし、むしろ無‐意味と触れ合わせ、あるいは書かれたものをその余白において読もうとする時、われわれが求めているのは、なによりもあの垂直的な場処の焔、存在と存在、記号と記号の間に飛び散る火花としての、あのディスクールの野生、すな

自然／文化等々の対立の、共通の根であるのです。
——ジャック・デリダ

私は何も知らないよ。というより知って

わち世界という出来事の裸かの全体なのである。そして、いまやこのような場処の出来事、存在の裂開や記号の裂け目を規制し、産み出しているような絶対的な垂直性そのものの運動を問題にすることができるに違いない。差延（ディフェランス）——痕跡——エクリチュール——間をおくこと——……、あるいは、侵蝕——嵌入——転換性——交叉配列——……、これらの二つの系列は、どれほど隔っているように見えようとも、実は、〈場処を持つ＝起る〉という垂直性のもとで、限りなく近付き会うことができるのではないだろうか。

　だからこの垂直性が、世界を、出来事を貫いているものであるのならそれはまた、われわれの肉体をも貫いているのでなければならない。世界と肉体とは〈同じ生地〉でできているのだし、この垂直性という織目そのものにおいて、それらは一枚の布の表と裏のように、重なり合い、抱き合っているのである。肉体もまた、己に垂直に交わるものに他ならず、この見えるものと見えないもの、内部と外部の果てしない交錯、交叉を通じて場処を求める出来事が演じられるのだから、

るんだ。ひょっとすると口にするのはひどく危険なことかも知れんが、言葉を創るのは意味ではなくて、言葉が意味を創るのさ。

——アントナン・アルトー

それこそが記号の生ける可能性というものなのだ。あらゆる存在、あらゆる記号は、この肉体によって受肉されずには、読まれることも、書かれることもできないだろう。それどころか、肉体こそが、まさに出来事としての記号、ドラマとしての記号そのものなのだ、と言うこともできるだろう。すなわち、世界と肉体とは、記号という火を通して出会っているのである。だから、記号はまた肉体においても、垂直に書かれるのであり、それは、いわばこの垂直性をその〈ト書き〉として上演される肉体の演劇でもあるのである。

しかし、言うまでもなく〈諸器官の組織〉などではない、この肉体、それはなによりも世界の拡がり、〈私〉の拡がり、いやむしろ世界も〈私〉も未だ分化されていないようなたったひとつの野生の拡がりの只中での、存在の出現、出来のドラマなのだから、それは表面の場合と同様に、その裂け目、あるいは穴においてこそ肉体たり得るのである。――〈茶漉しのように無数の穴の穿たれた肉体〉、ここにおいても、深さと深さのなさ、そして表面と表面の欠如は、あらゆ

俺を取り巻くあれらの無形の力、それを俺の理性はいつの日か受け入れねばなるまいし、それは崇高な思考の代わりに席を占めねばなるまい。俺が言うのは、外側から見れば叫び声の形をしているあれらの力のことなのだ。知的な叫び、骨髄の最も尖鋭な部分から発する叫びがある。これこそ俺が〈肉〉と呼ぶものなのだ。
――アントナン・アルトー

るところで一致するであろう。存在も記号も、ここでは剝出しのままで、そそり立っている。肉体が存在の奥行であるとしても、この奥行は中心を欠き、遠近法を欠いているのだから、裸かの存在は決していかなるディスクールにも、いかなる意味にも収斂されはしないで、ただあるのである。おそらくは、痛みとして、力として、強度として（そして、こうしたものこそが、肉体を通して把えられたあの垂直性に他ならないだろう）。……だから、この裂け目だらけの拡がり、この肉体にとどまる限りは、思考は決して可能になることはあるまい。思考がはじまるのは、あのディスクール〈――はである〉が発せられ、その出来事において、たとえ無名であるにせよ、あの〈ひと〉が到来させられる時からなのである。その時、拡がりは奥行となり、意味が分泌され、思考を組み立てているあらゆる二元論が可能になり、そうして世界は安全なものになりはじめるだろう。だが、それも、存在や肉体の暴力的な野生を隠し、欠落させることによってなのである。……しかし、これこそが野生の存在、肉体が、もっ

「将来」は、と言えば、少なくとも、もっとも近い将来も、私の魂は解体されたままでしょう。私の思想は、思想自身を思考するに到りました。そして、唯一の「虚無」の中にいわば「虚無」の多孔性という状態に散布されている空隙を喚起する力をもはや持っていないのです。

――マラルメ

とも激烈に希求していたものであろう。裂け目、そして穴は、〈他〉の挿入によってこそ己に辿り着くのだし、はじめから分＝節させられている肉体は、それを〈他〉のもので覆い尽すことによってこそ、自らの全体性を支えようとするのである。そこには常に、根源的な差異が消し難く残り続けるだろうが、アルトーにとっても、そしてわれわれにとっても、その差異に踏みとどまることにしか、〈火とほんものの肉の坩堝〉、世界という演劇に立ち会う術はないのである。

肉体の叫びと存在の寡黙な声、思考の〈不能力〉と〈偶然〉を最後まで廃棄し得ない〈不死の言葉〉のポエジー、アルトーの生とマラルメの死……これらは、おそらくは同じ〈場処〉を取り囲んでいるのだし、そしてその垂直的な同じ火が、記号、存在、肉体、世界を、常に新たに、しかも常に同じように、焼き続けているのである。

イマージュII——仮面とその影

存在は、なによりもまず記号であったわけだし、記号もまた、なによりもまず存在であったわけなのだが、存在の記号、記号の存在というこのキアスム、この交差（あらゆる差異の交換、交錯）こそ、すぐれて他の可能性であり、開かれて在ることであったのだとすれば、仮面の根拠もまた、この戯れ、このドラマの遠い反映の裡にあるのではないだろうか。

ともかくも、仮面は、それが能面であれ、舞面、祝祭の仮面であれ、まず第一に、面であり、〈おもて〉であり、つまりは表面であるだろう。仮面は素顔を隠し、そうしてそれとは別の他者を現われさせる。しかしながら、この〈隠す〉と〈現われる〉とのあいだは、連続的に重ね合わされているのではなく、そこには断絶や距たり、差異があるのであって、すると今度は、この非連続性によってこそ、仮面と素顔は近付きあい、密着し合おうとするのである。実際、少なくとも、それを見ている者にとってそれが仮面だということが分らないようなものは、仮面と呼ぶわけにはいかないだろう。仮面が仮面たり得るのは、だから、そこに〈隠す〉と〈現われる〉とのあいだに差異があることによって、更にまた、差異を産み出そうとする運動と、その差異を無化しようとする運動、これら二重の運動を通じて、素顔や仮面が意味しているものなどがそのひとつの項にすぎないような、もっと無名の、ほとんど垂直的な他のドラマが演じられることによってなのである。隠蔽と出現、そしてなによりもこれらに交わるように働いている差異の戯れ——こうした運動によって、仮面という出来事は徹底的に織り上げられているのだ。そして、仮面をかぶるとは、ただ単に自己を隠したり、他のなにものか

翁　三番叟　父尉　小尉　朝倉尉　三光尉　笑尉　大飛出　小飛出　大悪尉　小悪尉　獅子口　熊坂　痩男　橋姫　山姥　神体　般若蛙　二十余　霊女　小面　孫次郎　中将　老女　姥　深井　若女　弱法師　猩々　泥眼　慈童　童子　今若　喝食　怪士　邯鄲男

——「能面の名称」

を現われさせたりするのではなくして、本来一つのものとして考えられている〈隠す－現われる〉に亀裂を走らせ、この差異の果てしない運動を通じて、他の産出、他の受肉というドラマを演じること以外のなにものでもないのだ。

　例えば、私が王の仮面をかぶる。そのときに演じられるのは、けっして「私は王である」というだけのものではあるまい。むしろ、この場合、仮面が王というものの記号であるとしても、それは「王である」、「王でない」というふたつのあいだの差異としてはじめて記号であり得るのだから、ここでは、この差異がさらに増幅されて生きられているのだし、それは賓辞ばかりか主辞にまで及んでいると考えなければならないだろう――「私である」、「私でない」。こうして、主辞と賓辞とのあいだ、〈私で~~ある~~〉と〈王で~~ある~~〉とのあいだに徹底した交差が惹き起される。そして、これこそ、あらゆる人称に先立つ他のドラマにほかならないだろうし、また、こうなれば、もはや王という名称も、私という名称も二次的な、派生的なものに過ぎなくなってしまうだろう。〈　で

仮面の衰退と共に近代の類廃が始まった。
――ロジェ・カイヨワ

~~ある~~〉——この〈　　がある〉と表裏一体となった差異と同一のドラマこそ、存在＝記号的な他の可能性であり、仮面劇だけにとどまらず、あらゆる劇の劇なのではないだろうか。

実際、仮面はつねに、この〈演じること〉そのものの最も直接的なメタフォールであったに違いない。……しかも、メタフォールの動きそのものも、実は、記号の場における〈演じること〉以外のなにものでもないとすれば、この劇の劇は、確かに存在や記号という劇にまで連なっているのである。

こうしてわれわれは仮面において、ひとつの根源的な力に出会うことになるのだが、それというのも、仮面が、〈隠す＝現われる〉という連続性によって保証されているプレザンスに裂け目を産み出し、その裂け目でもあり、また同時に、それに先立ってもいるような裸の存在の力——裸であるが故に、まさしく他を呼び求め、他を受肉しようとし、そうして〈世界〉を要求しようとしているその強さ、その力——を、充分に見えるようにしてくれているからなのだ。だから、仮面はけっして、プレザンスの廃棄や、その破壊であるだけで

人間の個体は「人格」、言葉の本来の意味でのペルソナという在り方をしている個体である、つまり本来一定の共同世界的な「役割」を担って存在していること、

はなく、それどころか、プレザンスの可能性そのもの（不＝可能性）でもあるだろう。この内面なき表面、この非連続な〈現われること〉、それは逆に、存在や内面性や連続性を、そして他を求める激しい力を演じているのである。

　すなわち、仮面は、エクリチュールなのだ。

　そしてその力によって、つねに怖れられてきた仮面が、また一方では、「仮のもの」、あるいは「偽りのもの」として、貶められ続けてきたというのも、われわれは、いまや、理解できるに違いない。西欧文化におけるペルソナという言葉の変転、転回は、実際、仮面が持っているこの文字通りに原始的な暴力を、プレザンスの神話のなかに封じ込めようとする神学的、形而上学的な要請に極めて忠実に従っているのである。三位一体におけるペルソナ、そこにはプレザンスのロゴスがはっきりとしるされてはいないだろうか。このロゴスによって、他なるものがひそやかに一つのものとして結び合わされているのであり、実際、プレザンスの神話を欠いてはロゴスはあり得ないのだ。そして、このように内部と外部、現

換言すれば人間の個体は根本的には一般に彼自身に対応する他の人々によって、そして、形式的にいうならば、汝の我として、いわばある可能なる二人称の一人称たる個体として、したがって人間仲間として規定されている。

——カール・レーヴィット

われと実体といった区別を産み出し、更にそれらのあいだの連続性によって、内部から外部を、外部から内部を了解しようとする欲望は、他方では、ペルソナという言葉に「人格」といった人間的な意味を与えているのである。

このペルソナ（人格）は、なによりも人間の顔の表情、そこに見られる内面性の表現によって支えられている。そして、仮面が貶められるというのも、それは素顔という豊かなプレザンスに対してなのであり、偽りの、悪しき面だからというわけなのだ。ところが、仮面がなすのは、この素顔をただ見えなくしてしまったり、その表情を誇張したり、変容させたり、二次的に再生したりするというのではないだろう。仮面は人間から一挙に内面性を奪ってしまう。表情やプレザンスを成り立たせていた見えるものと見えないもの、見るものと見られるものとの互換的な、連続的な関係に突然、亀裂を持ち込み、それらを揺るがせるのである。そうすることによって仮面は、自己自身へのプレザンス、また見せるもの、見られるもの相互のプレザンスによって織り成された安定した世

面は元来人体から肢体や頭を抜き去ってただ顔面だけを残したものである。しかるにその面は再び肢体を獲得する。人を表現するためにはただ顔面だけに切り詰めることができるが、その切り詰められた顔面は自由に肢体を回復する力を持っている。そうしてみると、顔面は人の存在にとって核心的な意義を持つものである。それは単に肉体の一部分であるのではなく、肉体を己れに従える主体的なるものの座、すなわち人格の座にほかならない。

——和辻哲郎

界を、未だ人間的なプレザンスのない世界、未だ絶対的な他者だけしか存在していない裸の世界へと変えてしまうのだ。

だが、それも束の間だろう。絶対的な他者などというものは、厳密には存在し得ないのだし、それはすぐさま、己を産み出し、己を実現するために、様々な差異や区分を産み、相対化されてしまうからである。ペルソナ（人格）というような神話、表情や内面性などが全くないところで、いま一度、プレザンスが演じられなければならないのであり、仮面のドラマとは、まことに、このような裸のプレザンスのドラマ以外のなにものでもないだろう。すなわち、仮面はプレザンスの神話を破壊してしまうのだが、しかしそれも、人称以前の肉体が人称をとり、表情という時間性のシーニュを欠いたものが時間を産み出し、内面性を持たないものが意味や内面性、そしてあらゆる見えないものを招来し、そして世界が織り上げられる、そのようなプレザンスそのものの劇を演じるためなのである。

イマージュIII――鏡とその影

鏡――例えば能役者は、舞台に出るまえに、揚幕の奥にある鏡の間で鏡の前に立ち、面をかぶり、そして鏡に映る己の姿を凝視する。見られている仮面があり、見ている〈私〉がある。いや、それだけではない。見られている仮面があり、見ている仮面があり、そしてこの〈見る‐見られる〉という回路の全体を引き受けている〈私〉がある。……しかし、〈私〉と言うべきだろうか。ここには、仮面によって、次いで鏡によって二乗された他の経験がある。仮面が演じているプレザンス、それを鏡はもう一度、そのプレザンス自体に向かって、演じ直してくれる。この再帰性、こうした折り返しによってこそ、はじめて〈私〉が可能となる。〈私〉とはなによりも己についての他の経験にほかならないからである。鏡は、だからあらかじめ確立されてしまっている〈私〉を映すというだけではない。それは、この己自身への距たりとして、またその差異を通しての己自身へのプレザンスとして、そこではじめて〈私〉が産み出される――そうした経験のもっとも一般的な、可視的な形なのである。

　鏡に向かって、私は右手を動かす。そうすると、間を置くことなく、向うの左手が動かされる……だが、そうなのだろうか。鏡のなかの手を左手と認めることができるのは、実は、〈自己－他者〉という完成された図式に従ってのことではないだろうか。むしろ、向う側の手も、やはり自分の右手に属しているということ、距離を隔てたところに自分の右手があるということ、それこそが鏡の奇妙な秘密であるだろう。自らの身体の運動の、間を置くことのない、しかも距たりという間を置いた自己自身へのプレザンス、それによって鏡は

> この、自由に動くこともできなければ、栄養も人に頼っているような、まだ口のきけない状態にある小さな子供が、自分の鏡像をこおどりしながらそれとして引受けるということは、わたしというものが原初的な形態へと急転換していくあの象徴的母体を範例的な状況のなかで明らかにするようにみえるのですが、その後になって初めてわたしは他者との同一化の弁証法のなかで自分を客観化したり、言語活動がわたしにその主体的な機能を普遍性のなかでとりもどさせたりします。
> ――ジャック・ラカン

一種独特な遠近法を持つことになる。すなわち、自己への絶対的な近さと事物への絶対的な遠さ、――そしてそこに鏡の永遠の深さがある。この深さは、世界という地のなかからの〈私〉という図の生成の深さ、地と図とのあいだの差異にほかならない。鏡という全き表面は、こうして、ひとつの同じ眼差しによって導かれた〈見るもの－見られるもの〉の回路を通して、深さへの絶えざる開けとなっているのである。

自己への絶対的な近さ、――とはいえ、この自己自身へのプレザンスが可能となり、自己が自身にとって固有となるのは、また言い換えれば、〈自己自身〉というものがはじめて生み出されるのは、なによりも非－固有なものの媒介を通してでしかない。自己への近さとは、近さである限りにおいて、まさしく自己への距たりなのであり、この距たりを鏡は鏡への決して乗り超えられない距離として、われわれに見せてくれるだろう。この距離には奇妙なところがある。それは確かに、私の眼差しの〈奥行〉であり、すなわち、〈存在の燃え拡がり〉であると同時に、私の身体の拡がりでもあるような距離であるのだが、しかしここにはいかなる存在もありはしないのだし、その限りでは、それはいかなる奥行でも、拡がりでもない。鏡はものではない。鏡は存在していない。鏡とは事物への遠さそのものである。事物への遠さと自己への近さとはひとつのものである。ここでは非存在の経験とプレザンスの経験とが分ち難く結びついている。そして、この経験の場処が、鏡によって折り返された鏡との距たりなのである。〈私〉そのもののなかに刻み込まれたこの非人称的な距たり、それをわれわれは〈肉〉と呼ぶべきなのだろうか、それとも〈痕跡〉と呼ぶべきなのだろうか。

　ともかくも、この距たりは、〈私〉の可能性であると同時に、〈私〉の不可能性でもあるような、そうした根源的な距たりであるだろう。深さへの、そして拡がりへの不＝可能性。ここにこそ、鏡の危険な罠、その魅惑の一切がある。

　だが、そうであれば、この距たりは、ただ単に私の眼と鏡とのあいだの空間的な距たりであるだけではないだろう。私が右手を動かす。すると向うの手が同じように動かされる。

他のどんな形の自己‐触発も、非‐固有を経ねばならないか、さもなければ普遍性を断念しなければならない。私の身体の或る一定の部位が私のまなざしにさらされるためであろうと、あるいは鏡の反射によってであろうと、私が自分を見るときには、非‐固有がすでにこの自己‐触発の領野のなかに入ってきており、そのためこの自己‐触発はもはや純粋ではない。

——ジャック・デリダ

この瞬間における反復がプレザンスの時間、すなわち現在（プレザン）という時間を産み出しているのだが、それはこの距たりにおける瞬間であり、間を置かれた〈間を置くことなく〉であるだろう。時間のなかに空間があり、空間を通して時間が成り立つ……この距たりは、こうした根源的な間に根ざしており、それを明らかにして見せているのである。

〈私〉、プレザンス、現在、深さ、それ自身、……こういった互いに緊密に関連し合っている様々な概念の可能性、その根拠を、鏡は一挙に明らかにしてくれる。だが、それらの可能性を顕在化させることは、同時にそれらの可能性を奪ってしまうこと、可能性を不可能性へと転じてしまうことである。可能性そのもののプレザンスは既に不可能性のプレザンスでしかない。いや、そのとき不可能性はプレザンスたり得ないし、また不可能性そのものも存在し得るわけではないのであろう。この不可能性は、なによりもそういった概念の不可能性だからである。だが、それではどのようにして可能性は不可能性へと転じてしまうのだろうか。そして、鏡を前にしたた

私が〈見つつ－見られるもの〉であるが故に、つまり、そこには〈感覚的なものの再帰性〉があるが故に、鏡が現われるのであり、鏡はその再帰性を翻訳し、それを倍加するのだ。この鏡によって言わば私の外面が完成されるわけであって、私がもっているどんなに秘かなも

ときのわれわれの不安、あるいは、あのあらゆる行動の可能性を奪われたような麻痺の印象はどこからやって来るのだろうか。——おそらく、この問いに答えるためには、鏡の前にいるわれわれは、すでに鏡のなかにいる、と指摘するだけで充分であるだろう。鏡そのものは存在しない。われわれは常に鏡そのもののなかに閉じ込められているのである。現在も、プレザンスもそこでは無限に続く反復のなかで閉じられている。様々な可能性は可能性として囲い込まれ、己を己に対する境界としてしか現われさせられない。見るものと見られるものとの自己同一性を演じ、〈私〉というものの根拠を保証してくれていた鏡は、こうして、同時に〈私〉をその可能性そのもののなかに、見るものと見られるものとの距たりのなかに閉ざしてしまう。生き生きとしたその再帰性、見るものと見られるものとのあいだの火花によって織り成されていた私の身体は、同時にその私の眼差しによって、顕在化された再帰性のなかに閉じ込められ、石へと変えられてしまうのである。〈私のなかの非‐固有なもの、生のなかの死によって、

のも、すべてこの〈鏡像〉、この〈平板で閉された存在者〉——水に映った自分の姿からさえ、思いつけるものではあるが——のうちへ入りこんでしまうのである。（……）鏡のなかの幻影は私の肉体を私の外へ引き出すのだが、それと同時に、私の身体というまったく見えないもの〉が、私の見ているもう一つの身体を身にまとうのだ。

——メルロ＝ポンティ

〈私〉も生も覆い尽されてしまっているというこの追補的な構造。……鏡は常に死の匂を撒き散らしているのである。

鏡の表面の明るい輝き、——だが、この光は鏡の光であるのではない。しかも鏡とはこの光以外のなにものでもないだろう。鏡は光の非在において、光を湛えている。しかし、それは鏡の表面の背後に、なにか光の非在そのものが隠されている、というのではない。鏡は光でしかない。そして、それが光であるのは、なによりも光の死、決して現れもせず、また決して隠されているわけでもない光の死によってでしかないだろう。この奇妙な〈匿れなさ〉、——明るい輝きの表面の鏡。

そして、鏡の前で、私もまた鏡の表面となるのではないだろうか。そこでは、私はもはや充実した内部によって支えられた、世界への飽くことなきプレザンスとして存在しているのではないからだ。私の眼差しはもはや内部から外部への拡がりではない。眼差しは〈私〉自身のプレザンスの亀裂のなかに宙吊りにされてしまっている。眼差しというプレザンス

さもなければ、なぜ鏡はあれほどしばしば、それをこわしたいというある凶暴な欲望にひとびとを駆り立ててきたのだろうか。（……）だがそこではわたしのどのような行為もイニシアチヴを失い、なにごとをもはじめえないだろう。わたしが断定するとき、すでにそこには同じ断定が先取りされていて、わたしの断定がわたしのものであることを蝕んでしまう。このわたしとわたしとの間のずれ。わた

の裂開は、その裂け目のなかにプレザンスを閉じ込めてしまっている。外部における内部、内部における外部、この生き生きとした交差は、非人称的なひとつの間の裡に凍結されているのである。そうして、そのとき鏡は私の素顔を仮面へと変えてしまわないだろうか。鏡の面（おもて）と私の面（おもて）とはここではもはや区別され得ない。鏡によって、私ははじめて私の素顔を見るのだが、それは同時に、私の、いや、誰のでもない仮面としてであるだろう。私の眼の鏡。鏡の眼の私。私の眼が鏡となり、鏡が私の眼となる。そして、私が鏡の上に見出す私の眼は、私という仮面の眼、内部も外部もなく、あるいはそうした区分そのものが成り立つ以前のあの底なしの〈穴〉でしかないだろう。確かに、鏡は私の身体の外面を完成してくれる。それは〈見えないもの〉に〈見えるもの〉の外面性を与えてくれる。だが、それは〈見えないもの〉の本質的な死、〈見えないもの〉の純粋な自己同一性を崩壊させる他の侵入においてであり、そしてこの死、この他の暴力こそが〈見えないもの〉と〈見えるもの〉とのあいだの本来的な交錯をも

しはわたしと言う力を失う。わたしは見ているが、それはもはやわたしの見る可能性によってではなく、非人称的な見ないことの不可能性のなかにとらえられているからにすぎない。

――宮川淳

可能にしているのである。鏡の〈見る‐見られる〉の回路は、〈見えるもの‐見えないもの〉の回路を招来することによってはじめて自己同一的な〈私〉を可能にするのだが、それは同時にこの〈私〉に先行する内部なき外部性一般、非人称的な間へとその〈私〉を閉じ込め、〈私〉そのものをそうした外部のひとつの表面としてしまうのである。

　こうして、鏡という間において、無数の仮面がそれぞれ互いの〈分身（ドゥーブル）〉として戯れ合う。このドラマの不＝可能性。内部なき〈脱自（エクスターズ）〉。……そして、能役者が演じはじめるのは、このあらゆるドラマがあり、しかもいかなるドラマもない果てしない呪縛、ドラマそのものの〈囲い〉である鏡の間を横切っていくことによってなのである。

劇（ドラマ）——読むことについて

世界はそのあらゆる深さを喪失しかけている。いまでは深さもまたもうひとつの表面にすぎない。人々が信じ憧れてきた様々な深さの体験、すなわち中心の体験が明るみに引き出され、特権を剥奪され、その構造に光があてられ、神話が解体されようとしている。かつての世界の形態を形なき中心の深みに支配された球体として考えれば、いまそれは中心を失い、重層的な平面の構造として、いかなる深みも背後に隠し持つことのない表面として、了解されはじめているように思える。これは恐らく零度へと向う運動の現われであり、その限りでは既成の文化‐文明の終末への緩やかな黙示であると言うこともできるだろう。だが逆にこれはいまだ黙示であるにすぎない、というのはこの動きはいまのところ記述という平面のうえでの出来事にすぎないからだ。記述すること。それは肉体を消滅させることによって限りなく零度へと近付こうとする企てであり、科学への欲望とほとんど相似である。しかも記述とは近代の枠組みを乗り超えようとした多くの運動の最後の方法的帰結でもあったのだ。だがこの記述することを、直接的に対象を語る営みであると考えるのは誤りであろう。それはむしろ対象についての読み方の記述である。ある対象についての記述はひとつの読み方として理解されるべきである。主体が対象を読むというのではない。ここでは対象は読まれた限りでの対象であり、主体は読む限りでの主体である。これは新しい文法だ。このようにそれまで透明なものとして隠され続けてきた運動の概念を顕在化させることによって近代の様々な枠組みが決定的に破壊されることになるだろう。

*

近代はなによりも個人の時代であり、意識の果てに見出された「我思う、故に我あり」の〈我〉が全てにわたる尽きせぬはじまりの源として君臨しており、個人の体験が人間という観念を通して普遍性を獲得していたような時代なのだ。はじまりへの探究は必ず深さへと導かれるものだ。この時代の中心である〈我〉はその生成の当初から不幸の意識と分ち難く結びついていた。すなわち神々がその中心の台座にあった前近代においては世界と人との予定調和の言葉（ロゴス）が時代を支えていたのだが、その夢は無残に崩壊し、現実は言葉を離れ、世界は人を離れ、神は死に絶える。こうした不調和の意識は一方ではあらゆるものへの懐疑を経てデカルトの断言を産み、遠く科学の準備を成し、他方では小説という文学の近代的形式（それは個人の歴史である伝記と一卵性の双生児であろう）とともに距たりと差異の物語である『ドン・キホーテ』を産む。〈我〉が確立され、芸術が近代の欲望の体系として発生するのだ。〈我〉という最も親密な直接性を以て世界との不調和＝差異を忘却し、隠蔽し、或いは統一を与えて安心しようとすること。このとき芸術はその不調和を、いわば不幸の傷口を織り合わせて一個の宇宙を形造ることによって、人間の深みへと昇華させるのであり、人間という新たな神にとってその普遍性を保証する不可欠の神話であった。それは意味作用の様式という意味でも神話なのである。ともかく作品、すなわち一個の宇宙は世界よりも深い――これが近代芸術を貫く至上律となる。世界――なんと単調で小さいのだろう。今日も、昨日も、明日も、永遠にそうだと詩人が嘆息する。彼は世界への眼を閉じてほとんど夢のようなある深さに降りていこうとする。そしてなによりもこの世界から断絶した別の秩序に身を委ね、それに従って、その秩序を表現しようとする。虚構と現実との分離、それ故の交通への欲望。ここに一枚の画布(タブロー)があるとしてもそれはこの部屋、この世界に属しているのではなく、あちら側に、別な秩序に属しているとされるであろう。その画布がはじめに、そして最終的にも語ることはもっぱらこの帰属、すなわちその絵がある深さの現われであり、芸術であり、輝かしい人間の栄光の証しである、ということに尽きるようである。だが作品が語るのだろうが。その聖なる沈黙において作品が語っているように思える時、実は読者こそが語っているのではないだろうか。しかしこのように言うためには、絵画については、見ることを読むことに置き換えなければならないだろう。

*

例えば古代の、或いは中世の絵画を見るときには、隠された意味の発見が重要な位置をしめるかもしれない。花を手にした若い娘だからこれは春の女神フローラを描いたものだという風にである。だが私が語ろうと思っているのは、こうした解読の作業ではなく、もっと日常的な視覚についてである。いま私の眼の前にひとつのコップがある。だが私はそのコップを見ているのだろうか。というのは私は、それをコップとして見ていることに気がつくからである。言葉が記号であるばかりではなく、物も記号なのだ。むしろ物は不断に言葉の網の目に送り返され、それを通して了解されるのであり、逆に言葉は物にではなく別の言葉へと連なり戯れる。世界は言葉の無限回路として、一冊の本として存在しているのだ。私はそれをこうした本の中でコップとして読む。コップは物ではなく事物となるだろう。だがもし画家がこのコップを描こうと欲するならば、彼はまずそれがコップであるということを忘れなければならないだろう。彼はそれを見る。そうしてそれが中空の円筒であり透明であり、光と影の劇（ドラマ）の産物であることを知るかもしれない。だがこれもひとつの方法なのであり、その限りでは言葉の体系に頼っているのである。影を描き込むことのない日本画の様式を、或いは児童絵画の突飛な表現を考えて見れば分ることだろう。日本の画家に影が見えていなかったと言うつもりはない。だがそれは表現の方法だけの問題ではないのだ。絵画は見ることの結果ではない、それは読むことの結果として考えられねばならないだろう。読むことが見ることを支配する。だがコップの場合でも絵画の場合でもそうなのだが、読むとは、ほとんどそれでないことを語ることなのだ。こうして幾つもの読む可能性が切り開かれるのだが、それと同時に嫌な言葉を使えば、読まないことの不可能性——すなわちある制度的な神話が秘かに読み方を指示し規制するということにもなる。読み取られるべき一枚の画布のうえに私たちは絵具ではなく何らかの形を読む。例えば「皿に盛った桃」という題名に従って、幾つかの桃と皿、そしてテーブルを認めるだろう。だが読むことがはじまるのはここからなのである。何故ならその桃は、桃ではないし、また桃という物を指示するだけのものではないだろうから。そうして私たちはその絵の余白を読みはじめる。それが描かれた動機について、その方法について、セザンヌという人物について、……私たちはその絵の背後に辿り着こうとするだろう。だがこの読む動きは、恐らく芸術という暗黙の了解に従って成されているのだ。ほとんど芸術が絵を読む、と言うことが可能な地点。すなわち芸術という神話のもとで一枚の絵ははじめて語るものとなるのであり、そのとき芸術とは、読み方を規制する欲望の体系、ないしは言葉の体系であり、聖なる交通の一制度であったと言うことができるだろう。それは近代的個人＝〈我〉に相応する深さの市場（マーケット）であったのだ。制度は差異を隠蔽する。それでないことをそれであることにしてしまうのだ。そして作品はそれぞれ交通への飽くことなき夢の現われとなり、人間の条件となった深さの伝達機構として機能する。芸術という近代の深さは、この読むという表面の営為を隠し続けることによって支えられていたのだ。こうして言葉（パロール）の形なき直接性、現前性によって許られしかも守られていた作家と作品と読者との三位一体が突き崩される。

差異を隠蔽する重要な側面、すなわち形なきものの伝達という神話が解体しはじめる。世界との不調和を交通によって乗り超えようとした近代の野望が砕かれるのだ。だから少なくともここではっきりと断言しておかなければなるまい。すなわち、芸術という制度は近代の属性である、と。

*

ところで近代の中心であるこの〈我〉が、強いて言うならば不幸であることによって全面的に世界と関わろうとしてきた個人がその当初からの危機に耐えて永らえるはずはない。その脆さと無力と、そしてなによりもそれ自体の分裂、自らの裡の二重性(ドゥーブル)を顕わにしない訳はないのである。内面という夢は外部の暴力によって壊される。このことを語るには交通の最後の形態、すなわち戦争という交通の強制(テロル)に於ける自我の崩壊といった幾つもの昏い記憶を蒸し返す必要もないだろう。近代の芸術家の幾人かを見れば解ることである。何故ならば世界と〈我〉との間の差異へ、その深みへと降りていかなければならなかった当の芸術家たちこそ、〈我〉の危機とその分裂を最も激しく生きなければならなかったからである。例えば「Je est un autre.(我とは一個の他者である)」と書きつけた一個の素晴らしい肉眼(ヴォワイヤン)のことを、或いは別なところで「倖いなことに私は完全に死んでいる」と呟きながら自分を取り戻すためには鏡を覗き込まなければならなかった老詩人のことを、想い起こすだけで充分であろう。彼等は自殺する。だがその死は所謂自我の消滅、生の終わりとは異なるものだ。それはなによりも生ける〈我〉のそのままでの解体であり、それも夢を啣んできた内側からの分裂による解体である。より十全に生きることが、生きることの不可能性に導くような逆転。余りにも個人的な個人というものの死なのである。内面は滅び、意識は統一を失なう。意識の劇に書くことの劇が取って代るのだ。ここではもう表現という言葉がほとんど意味を持ち得ない。――語っているものは誰か。それは言葉、そのかすかなたゆたいである。――こうして手段(How)が、その目的(What)を駆逐する。書くことの営為が深さそのものの戯れとなり、〈我〉の表現という神話を脱し、非人称の彷徨と相応するようになる。絵画の場合も多少の事情の違いを別にすれば決してこの例外ではない。近代絵画はなによりも個人の視覚、見ることの発見ないしは復権から出発したのであり、主題による劇の感動に対して視覚のアパティアを掲げるところからはじまっている。画家は物語る人ではなく、物を前にして見る人であろうとする。だが純粋な視覚があろうはずもないし、そのうえ眼の前の拡がりを矩形の平面に翻訳するためにはある読解が必要となる。この多様な読むことの解禁が、個人の視覚の多様さとその表現を保証しているのだ。だから光の理論に従って自然を読もうとした人々が印象派と名付けられたのは決して不合理ではない。印象、それは外部と内部との和合なのである。「ぼくは小鳥がうたうように絵をかくのだ」と若きモネは語るのだが、この意識の内面と外界との平和な共存、邂逅はそう長く続けられる訳ではない。彼は水蓮を描こうとしてほとんど発狂したようになる。一枚の画布が内部と外部との果てしない闘いの場となるのだ。完成ということはない、と彼は断言する。だがこの地点からモネはむしろ内側へと降りていったように私には思える。画布と物との差異は逆に絵の自律性の発見へと誘うであろう。画布は内面の宇宙が外界の形を借りて絵画の規範と重なり合う場となる。モネはこの道を歩む。

だがゴッホは最早この或る意味では幸せな道を行くことができない。形で外部を、色で感情を表現しようとしたゴッホは、彼の絵を激しい衝突の渦のなかに置く。色と形は印象派の画家たちのように溶けあい一体となってある深みを現わすのではなく、はじめから分離され引き裂かれているのだ。それでも彼のアルル時代までの絵は、少し注意深く見れば解るように、形の秩序に色の秩序が優先しているし、ときには《ラングロワ橋》のような形と色との調和、しばしの休息が実現する。しばしば現われる遠近法の差異（ズレ）、或いは形の歪みは色によって整序されているのだ。むしろ逆なのかもしれない。色を手にするとデッサンのときに見られる堅牢な眼は感情を抑制することができないのだ。色が暴発する。それを押しとどめるために形は歪んでくるし、また黒の輪郭が引かれるのである。ところがそうしてかろうじて支配権を握っていた感情、自我がその領界と統一とを喪いはじめる。いわば感情を通して物を見ることができず、外部の形の秩序に引っぱられるのである。そして画面はあの異様な、しかも激しい筆触、すなわち手の痕跡によって埋め尽くされるのだ。形の秩序も色の秩序もともに衝突そのものである動きの秩序へと統合されてしまうのである。この動きは決してヴラマンクのように速度の現われなのではない。それは外部へと牽引される力と、それに抗して同時に内部へと引きとどまろうとする肉の動き、である。だが外へと言ってもゴッホの絵においては奥行、外の深さである奥行が追放されているのだ。空は透明な無限の深さを暗示するのではなく、逆に悪意を制き出しにしたように視線が奥へと進入するのを拒むであろう。それは渦まく筆触の群であり、その手の痕跡に導かれて私たちは彼の絵を、彼の不幸に引き裂かれた内面へと送り返そうとするだろう。しかしながらゴッホの絵画は、不幸な意識の結果でも、また見ることの結果でもないような、そしてその限りでは絵画ですらないような、一枚の画布に辿り着く。勿論「鳥のいる麦畑」の絵から、オーヴェールの風景を、またゴッホの悲劇を読み取ることは間違いではない。ここでは色だけが、かろうじて麦畑と空を示している。それは確かに鳥のいる麦畑であるだけなのだが、しかもあらゆる意味と言葉を喪失しているのだ。拡がり、そして距たりだけが君臨している。それはゴッホの内面などではなく、敢えていうならば人と世界との裸の関係なのである。ゴッホもまた自殺する。それは、むしろこの絵の結果であるようにも思えてくるのだ。

　ゴッホとは逆にセザンヌは既に個人の内面性などというものを投げ棄てて顧みない。彼があるとき友人のガスケに語った次のような言葉を考えてみればよい。「私の眼は私の見る場所にあまりにぴったりとくっついて離れないので、おしまいには血が流れ出るんじゃないかと思うほどだ。ねえ君、私は少し気狂いなんじゃないだろうか。自分でも時々そう思うことがあるよ」。平易な文章ではあるが、しばらくの間でも物を見つめようとしてみればわかるように、これは決して尋常な経験、日常の視覚ではない。私たちの眼差しは見つめようとしている点から常に外れて、ずれていこうとするし、それだけでなく様々な思考がその視覚を中断しようとするだろう。物は既にどこかで了解されたものであり、私たちにはそれを見る必要がないのだ。物は記号としてあり、それは言葉の記憶から幾つかの層と関係を喚起するからである。このようなそれでないものがより一層それであ、ることになる経験を一般的に言葉（エクリチュール）の経験と言うこともできる。とすれば絵画もこの経験の一形式であるだろう。だがセザンヌの視覚は、物と言葉が戯れる意識という内面との間を揺れ動くのではない。それを「セザンヌの」と言うことがためらわれる程、彼の絵は感情や抒情を拒んでいるのだ。彼は物を見つめる。その色とその拡がりと量感を測定する——画布は視覚の、次いで絵画の実験室となるのだ。彼もまた、そして彼こそ物と絵との間のひとつの（ではあるが決して個人のではない）素晴らしい眼に他ならないのだ。彼も深さを語らない訳ではない。ベルナールへの手紙に彼は、「われわれ人間にとって、自然はその表面よりも深さにおいて感じる。だから大気を表わすだけの量の青と、赤や黄が代表する光の躍動のなかにそれを再現するよう心掛けるべきである」と書く。セザンヌの語るこの深さは、はじめは奥行であった。それは物と物との関係であり、ルネッサンスの遠近法とは全く異なるとはいえ、彼もまたある遠近法に頼っている。非常に有名になった同じ手紙の「自然は円筒、球体、円錐として取り扱われるべきで、もちろん、物体の前後左右には面があっても、すべては透視法によって中心の一点に集約されている」という言葉は物体の形状について述べられたものではなく、見られた自然の、すなわち眼差しの取りうるべき形態についてのものである。この段階では眼の位置が絵の中心となり、物はそれでもなお表面を通して見られているのだ。だが例えば一八八〇年代の《サント＝ヴィクトワール山》とそれから二十年後のそれとを較べてみよう。何が変わったのだろうか。後の《サント＝ヴィクトワール山》を見ていると、眼差しは山の表面にまで行き着かない、それは大気のなかに拡散してしまうようである。それにもかかわらず山はより手前に、あたかも触れることができそうなほど手前にあるのだ。この絵の前では私たちも個性的な眼であることができないのだ。絵は中心を失っている。セザンヌの眼差しは全く物の表面から離れてしまい、物がたゆたう拡がりのなかへ向けられている。このときまだ深さと言うのであれば、それは物と眼との間の拡がりであるに違いない。だが物を見ることなしには眼差しがあり得ないというのも事実である。とすれば見ることを見る、或いは二重の見ることとでも言うべきこの視覚は一体どのような現象なのだろうか。先にセザンヌの言葉にそって述べた一点を注視し続ける視覚とはまさに対極にあるようなもうひとつの視覚の形態を考えることができるだろう。視界は一般には図と地の均衡から成り立っている。図と地の落差を徹底させればあの円錐形の、或いは円錐、球の透視法となる。だがこの落差が、遠近の秩序が崩れてしまうとき、視界は全てが図になるような平面の形態を取り得るかもしれない。例えば気絶したあとで眼に見えてくる世界は一瞬遠近などの統辞法を失い全てが地となるであろう。それは世界のなかで自らの身体を、また自己同一性（アイデンティティ）を取り戻すことができないような瞬間なのだ。世界はただ眼前に距たって拡がるだけであり、しかも「私から」距たるとも言うことができないような世界なのだ。この図と地の秩序の崩壊は、言い換えれば意味体系の崩壊である。世界は意味と、その根本である分節を失ってしまうのだ。ゴッホが無理矢理に見させられたものを、セザンヌは長い研究の果てに見出すのだ。彼の絵を埋める無数の筆触はゴッホのように肉の痕跡であるよりも、世界の断片の秩序ある集合である。セザンヌはあくまでも画家であり、秩序を喪失した世界に別の、絵画の統辞法を補い再橋築しようとするのだ。

大気はもはや青の量であらわすだけではすまされない、大気はほとんど物であり、その拡がりをそのままで形としなければならない。形なきものに形を与え、秩序なきものに秩序を補う――だがこの極限にあってもセザンヌは外側に、すなわち物の側にとどまろうとする、最後まで作品を見ることの結果にし、とどめようとする。こうしてセザンヌは近代絵画の領域を超えてしまうのだが、この物を眼の前にして描くという伝統はここでほとんど絶えてしまうのだ。彼のあとでは画家は描く人となる。セザンヌの絵画から、絵による意味の復活、秩序の再構築の側面をだけ選びとろうとする。画家は眼差しを失い、或いは闇の眼差しを持ちはじめるのだ。これはふたたび個人の宇宙という夢なのだろうか。個人の視覚から個人的創出へという点ではそうだろう。だがむしろ解体しかかる個人は最早そのままでは自然を前にした一個の統一した眼であることができないのだ。自然ですらその普遍を失いかけている。絵はなにものかの再現ではなく見る行為の結果でもなく、秩序への意志、または色や線の戯れとなるのだ。それは確かに内面的なものである。だが常に形という外部と関わるべき絵画に於けるこの内面的な形の現出に、内部の裡の距たり、外部の侵入すなわち意識の分裂を読むことは恐らく誤ってはいないだろう。だがこの分裂は形なきものであり、それ故に絵画もまた対象（What）ではなく方法（How）を問題にしない訳にはいかないのだ。そして絵画はそこから様々な思想を産みだすだろう。画家は個性的な仕方でしかも芸術という制度に支えられて内部の距たりを見ようとする。ここでは物は形を貸す道具となるのだ。画家は見るためにまず見ないという転倒を引き受けるのである。

*

このようにして絵画においても見ることと描くことが、一般的には書くことと読むことが互いに近付く。だが一体何においてなのだろうか。How が交通の場となるとしてそれはどういうことなのだろうか。芸術は最早秘められた制度であることをやめ、開かれた深さそのものの形式となると言うことはできるだろう。すなわち芸術ないし文学自体の直接的な現われを目指すこと。絵具や言葉によって搬ばれる風景の蔭に隠されていた様々な修辞学（レトリック）、規範が自立し。作品は作家に属するよりはむしろ芸術というものにそのまま属するようになる。作品は豊かに語る代りに、芸術固有のしかも新たな形式を示そうとする。形式が内容となるのであり、それを芸術のファシズムと呼ぶことさえできるかもしれない。「この世が恐怖に満ちていればいるほど、芸術は抽象的になる」とクレーは日記に書きつける。彼はまた芸術家という存在を、芸術という深みからその至上のものを吸いあげて作品とする樹木の幹であると考えていた。画家は見る眼差しの自発性によってではなく、描く右手の受動性、その非人称性において不断の生成の受苦（パッション）である。だが彼が触れ合っているもの、彼がそこから作品を汲みあげているもの、それは決して芸術という深さなのではない。むしろ芸術という矩形の枠（制度）を通してやはり世界と、外部と触れ合っているのだ。この世の恐怖、それは意識という自己同一性を脅やかす他の暴力、形なき他の現出であるが、画家は画布のうえで他のなにものでもない線、面、また色の構造的な秩序を築きあげ、その営為によって暴力的な生の受苦を作品の生成の受苦に、また意味の強制（テロル）や崩壊を芸術の秩序に置き換える。絵画の抽象的な側面とは、読む方から観れば画布とそこに読まれたものとの、描く方から観れば画布を通して実現しようとしたものとの、距たりなのであり、その差異に深さを読むことによって距たりそのものを容認するときに抽象絵画が公認されるのである。抽象絵画は表面的であり続けることによって、逆に形なきものの裡で絵が読まれる可能性をさらに獲得するだろう。ここでは題名が極めて重要な機能を果たす。題名は形なきものを直接的に指示し、絵に意味を与え、読み方を素早く規制するのだ。画布という表面によって深さを切り取られた空間によって虚構の秩序を強制してきた絵画の観念性が隠されたままで充分に利用されている。社会の全般的な交通の解体に最も激しく抗しながらも、芸術という制度のうえで或る形なき交通を目指すこと。それもまた観念の暴力でないとは言えまい。というのは、それは個人の名のもとでの距たり自体の、不調和自体の交通であり、観点を換えれば制度そのものの交通であるからだ。芸術とはなにか、と深さへの相変わらぬ憧憬を一方で保ちながら人々が問うのはこのような時である。芸術という概念を保証する安心な、普遍的な文脈は既に崩れてしまっている。だからこの問いを辿れば必ず途轍もない幻想の無へと導かれる他はない。形式もまた抽象（イデア）に過ぎず、あとには物しか残らないからである。だが人々はその前で身を翻えし芸術を例えば美という別の幻想に置き直し、この同語反復（トートロジー）を以て芸術を新しい文脈とする思考をはじめるのだ。画家たちも同様に絵画の様々な意味付けを言葉で語り出す。幾つもの主義（イスム）が乱立する。だがそれもすべて芸術への帰属という枠組みを越えない限りであるのだ。とはいえこうした動きの裡の幾つかは、二重性と崩壊を露呈してしまった個人の中枢である意識に代わる別の統一的な中心、外部と内部との対立を内側から止揚し得るような総体的な文脈を求めようとしたのである。この努力が最終的に見出した方法が記述という表面的営為であったのである。

*

記述とは書くことと読むことが一致する平面である。それは再現でも描写でもない。記述において問題となっているのはなによりも対象というより関係なのであり、差異をそのままで定着させることである。こうした記述は既成の文法を破壊する。しかも関係も差異も静止的(スタティック)に考えられたものとは異なり、まず運動とともにあるものなのだ。例えばキュビスムをひとつの記述の形態として読むことができるであろう。それは視覚の時間的な差異の定置であり、動きまわる眼差しの持続と変化に物を見る眼という中心を復権しようとする試みである。時間的推移、様々な角度からの形状の共存、それはやはり絵画の約束事を打ち破るものである。しかしひとたび単なる画面の新たな統辞法となってしまえば、もうひとつの抽象ということになってしまうだろう。またデュシャンの《階段を降りる裸体》は、動いているのが裸体であり、裸体と眼との関係である、という点では所謂キュビスムの絵とは逆であるが、それも画布のうえでは統辞法とならざるを得ないのである。そこに画布という存在の限界を読むことができるし、そればかりか画布の存在自体が、近代芸術の読み方の枠組みを決定していたことが明らかにされるだろう。この芸術の基底である画布を離れること。

そうすることによってデュシャンは、つくる側から読む（見る）側へと移行する。「要するに創造的行為は芸術家のみによって果たされるものではない。見るものがその内的な性格づけを解釈し理解しながら、作品を外部の世界と触れあわせ、そうすることによって、創造的行為に彼も寄与するのである」。同化、類似といった現前（プレザンス）の原理に貫かれていた画布のまえの眼差しの牢獄、制度化された見ることの密室（それは都市のなかに、美術館として、芸術という深さの社会的消費の閉じられ隔離された空間を出現させるのだ）から脱して、開かれた多様な可能性のなかで芸術という概念そのものを問題にしまた破壊することができるようになる。これはそれまでのHowの水準での転換ではなく、文脈の水準での転換である。デュシャンは近代芸術の観念的性格を、差異を記述しそこに立脚しながら越えようとする。これはイロニーに近いものだが、ここではイロニーは文脈をずらせて、関係を逆に際立たせるための運動なのである。なぜならば差異を産みだし、同時に差異を閉じるのは、いうまでもなく読むという観念の運動に他ならないからである。

＊

記述は近代がその当初から持ち続けてきた反省という思考形態が到達した方法であるが、例えば現象学はその還元と記述によって純粋意識、生き流れる現在を掴もうとし、シュルレアリスムはその自動記述（オートマティスム）によって崇高点を獲得しようとする。だがこれらの動きもある種の近代の母斑を免れている訳ではない。現象学もシュルレアリスムも個人的な意識にかかわる新たなはじまりを希求し、形なき始源の回復を目論んでいる。それらは意識を例えば無意識という意識で殺そうとする点において似通っている。記述という平面を通してより深いはじまりを中心とする球体を築こうとすること。だが当然のことだがはじまりへの探求は言葉の手前で挫折せざるを得ない。完全な現象学的還元は不可能であり、それは形なくしかも不透明な謎を残すだろう。それは一方では言葉の不透明さへと、他方では身体の不透明さへと結びつく。世界は危うく謎である。だからこそシュルレアリスムはこの謎にイマージュの迷宮を重ね合わせようとする。修辞学の文法は破壊され、あの「解剖台のうえでのミシンと蝙蝠傘との出合い」が新しい文法として定式化される。言葉は最早具体的な物へと還元されるのではなく、むしろ物に照らされながらも、全体として言葉の回路を成し、別な言葉を誘発する。言葉の劇である。しかも物の側でも、言葉に照らされて、日常的な関係が壊される。シニフィエの不在、或いは消失――すなわち言葉が物のように、物が言葉のように振舞いはじめるのだ。事物が君臨する。しかしこの不在をすぐさま無意識等の形なき中心に血統付ける訳にはいかない。それは私たちの読み方、関係の網の目に秘められていた暗黙の了解を廃棄する。だがこうした関係の多重化が、既成の関係を破壊する別の非現実的な関係が、措定されるためには、逆説的ではあるが蝙蝠傘は蝙蝠傘として充分にそのものでなければならないだろう。ダリの絵画がまるで写真のように、過剰なまでに個々の物を精密に現わすのは、恐らくそれが言葉のように一般的でなければならないからである。ここでは彼の絵画的技術が働いているが、デュシャンは画布とともに手の技術も捨て去るのだ。デュシャンは選ぶ。例えば便器を。これは文明という強力な技術を芸術に利用したのではない。彼は「それが便器である」という日常的文脈を利用し、そこに別の文脈を置き直す。すなわち泉－Mutt という題名－署名の文脈、または美術館という文脈をだ。この「便器が便器である」ということ故に便器でなくなってしまう幾つかの文脈の差異において囲い込まれているのは、見ることの一義性であり、その神話のうえに成り立っていた芸術という概念である。人々は物を関係付けの運動を通さずには見ることができないのだ。オブジェとは読まれるものである。便器のまえで人々は自らの持ちうる文脈に従ってそれを様々に読む。あたかも泉から四方に流れ出す水のように……。それらの読むことの差異こそここでデュシャンが記述しようとしたことかもしれない。とすれば彼はここで操作を行なったのである。読むことと操作することが、見ることと描くことを包含してしまう。そしてこの新しい対立（だがこれは敢えて言った場合であって、当然のことだが読むとはひとつの操作である）は一般には科学の基礎的な方法であることを想い起こそう。「印象主義をはじめとして、絵画はすべて、スーラでさえ反科学的である。科学の厳密で正確な側面を導入することが私の関心をひいた……私がそれをしたのは科学に対する愛からではない。逆にそれはむしろ、科学をけなすためであった、やさしく、かるく、とるに足らないやり方で。しかし、そこにはイロニーがあった」とデュシャンは語る。

*

読むことはそれでないことを語ることだと前に述べた。イマージュとは決して映像ではない。それは距たりの文法である。差異の構造なのである。イマージュは形の揺れ動きであり、形あるものが形なきものに全体として浸され浸すその運動である。それはほとんど読むことと読まれるものとの触れあいと言ってもよいだろう。それはあらゆる解釈を許容しながら常にその一歩前にあるものだ。解釈は接近であるとしても決してイマージュを生きたままで把握することはできない。形を離れてそのものなどありはしないし、むしろイマージュは距たりの経験であるからだ。ところがそれは常に差異から脱して形をとり、また物であろうとする。というのは読むことにおいては必ずなんらかのそれではないものが求められているのであり、しかもこうした形なき深さへの欲望は、それに形を、すなわち読むことにおいては言葉を与えようとする欲望と表裏一体であるからだ。イマージュは統一的世界が覆されたあとの世界の断片となるだろう。ここでは読むことは書くことであり、書くことは読むことであるだろう。それは発見の運動、形を与え見出す運動としてそうなのである。だが、作品という物を間にして、作家の書くこと、読者の読むことと分けて考えればそれらは全く分断されている。作品は伝達のための窓ではなく、そこであらゆる読み方が可能となる廃墟の建築物の如き物である。最早、芸術という概念も無意識という深みも普遍的なコードであることはできない。確かにそれらは温存されるだろうが、ある読み方の論理を提供する以上に枠組みとして全体であることはないだろう。問題となっている水準のうえでしか全体性を語ることはできない。そしてこの分散と距たりだけが赤裸に世界を支配している。人々は立場を選ばなければならないのだ。

現代とはあらゆる意味で過渡期であり有効にその統一を語ることができない。それは近代のようなひとつの中心を持つ世界でなく、無数の中心がそれぞれ異なった水準に分散しているのだ。だが本稿で私が述べてきた近代とはある時代区別の名称ではないことは明らかであろう。それはむしろ認識体系のある段階をさす言葉であると言っておけばいいかもしれない。現代にも多くの近代が残っている。というのは私たちの社会は、おおよそいまだ近代的個人の諸制度によって固められているからである。芸術という制度がそれに特有のものであるとすれば、そしてロラン・バルトが言うように「神話体系は歴史的基礎しか持ちえない」のならば、「〈芸術〉作品ではない作品をつくることができるか?」と問うたデュシャンにしてまでも、格好の命名——反-芸術ないし現代芸術——を受けてこの制度の内にほぼ収斂されてしまっているという現状は当然なのかもしれない。個人はその自発性、中心性といった基本的内実を喪失しかけながらも社会的枠として存続しているのであり、と同時に社会的な差異に基づく制度も解体されはしないのである。こうして私たちの所謂〈熱い社会〉は恒常的な危機に包囲されていることになる。そしてこの物と言葉の隔離と同時にそれらを追放した事物と情報の莫大な洪水の最中で、それにも拘らず分断され、分散されている個人がそれでもなおある普遍を勝ち得ようとするならば、科学へ、自然的な見方からは余りに遠いとはいえ現代において唯一の確かさを保証された科学へと赴かなければならないだろう。もうひとつ別な道があるとすればそれは言葉を殺した肉体の劇である。いまでは両者が際だった対立を示しながら共存しているのだ。科学の前では精神も言葉も物としての関係であり、世界は分散の形態のままで構造化され、記述され、そして例えば一枚の画布は認識科学にとっての実験室となる。科学は読解と還元を通して諸科学の体系的綜合を目指すであろう。だが肉体にとってはそれは益体もない一冊の書物にすぎない。肉体は関係を生きようとする。それは事物への反抗の最後の砦であると言ってもさしつかえあるまい。それは世界を読むのではなく、世界と関わろうとするのであり、距たりを感動の磁場に置き換え、瞬間に賭けようとする。それは直接的な交通を復活しようとするのだ。このとき事物は名称（言葉）を離れ、物質として再発見されるだろう。ポロックは行動（アクション）を通して絵具という物質に触れるのである。そしてこの肉体と科学という両極の間に多くの過去の遺制、すなわち芸術とか人間とかの深さへ、秘められた温もりへ、の限りない郷愁（ノスタルジア）がある。それを追う傷ついた人々にとっては〈芸術〉もいまだ最上の慰めとなるだろう。だが科学も肉体も郷愁も既に事物の包囲から自由ではないのだ。そのひとつの明証をポップ・アートにみることができるだろう。この流れもデュシャンが切り開いた地平からやはり記述を受けついでいるように思われる。だがそれらはデュシャンのように文脈を恣意的にずらされて、またぶらされて描かれている訳ではない。キャンベル・スープの缶は、その名の通りに指示されている。リキテンスタインは漫画をそのまま拡大するだけである。これらは画布の大きさに沿って切断されている。だがこの切断は近代芸術におけるそれとは異なり、絵に独自の秩序を与えるために成されるのではないだろう。絵はどこの家庭にもあるであろう具体的なキャンベルの缶にしか還元されないように企まれている。というのはそれはあらゆる文脈を排除しようとしているのであり、最小限の差異（例えば大きさ）によっているだけだからである。画家は漫画を写すというより移すことをするだけなのだ。彼はここではいかなる技術も、またデュシャンのような観念をも見せようとはしない。彼はある操作（拡大するというような）をする。そしてその絵を成り立たせる文脈を世界に、しかも全く日常的な世界に委ねるのである。「世界は画布よりも広い」ということになるのだ。強いて言えば絵画はここで新しい意味体系の復活、秩序の構築を全く断念したのである。と同時に私たちが台所のスープ缶に投げかける眼差しが、絵の余白で、問題になってくるのである。だが私たちもまた絵画に対して、それを保証するような共有の新たな文脈を与えることはできないだろう。日常は様々な幻想と結託した事物の悪意に囲繞されており、しかも世界は断片である。それも人間が事物の方に逆に操作されているような時代だからであろう。それではないこと、すなわち差異の体験が一般化し、それ故にいまほど世界が裸でないことはないのだ。そしてある秩序を、統一的な意味体系を取りもどし実現するためには、文化の各領野を超えた全体的な運動によらなければなるまい。それまでは差異の構造を読み、記述することによって少なくとも過去の遺制の破産と、文脈の崩壊の確認からそうした問いを共有しなければならない。ただ楽観を許せば、それでも人間は人類という零度へと向かいつつあると考えることはできるかもしれないのである。

希望の詩学──清水昶と吉増剛造

飢えたる愛、それはもし至上の虚構の裡に日々の糧を
見出さなかったなら、われとわが身を貪り食うだろう。
ロートレアモン

人間の悲しみはけっして終わることがない……風のように不意に口をついてでた。これは余りにも透明なオーヴェールの秋、その果てしない麦畑から搬ばれてきたゴッホの最期の言葉である。夜を焼く黄色い炎、そして風がしたたかに頬をうった。この叫びにその翌年マルセイユで息をひきとるランボーの……われわれの人生は悲惨なものだ。限りなく悲惨だよ！……という声が重ね合わさり、私の脳髄の隙間で何時までも低く鳴り響く。これは例えば人生と日常は語り尽した、と固く決意し途轍もない虚構の裡に絶えざる日々の糧を探し希めなければならなかった詩人の飢えが、その長い旅の果てに、再び一個の肉の悲惨、すなわち、それでも人生と日常しかないという断言に真向から衝突してしまう、辛い覚醒を物語っている。一度はじめられた旅、人はそれをこのようなかたちでしか終わらせることができないのだ。いかなるカナンの地もこの地上の水を堰止めることはで

きないであろう。だがこの時、虚構への意志を足元から切り崩してしまった人生と日常そのものが、今度は、至上の虚構へと変貌するように私には思われる。ここで私たちが身を晒しているのは、地の意味への茫漠な問いにほかならないのだ。眼を射る朝の光に思わず、世界！　と叫んで絶句する、その沈黙の前では既にして虚構と現実という二元論は消滅しているだろう。彼等の旅は終わらせられてしまう。そして残された痕は、作品は、飢えと死の記憶を湛えて再び甦ろうとするのだ。われとわが身を滅ぼさずには止むことのない飢えたる愛の結末、だがこうした暗いしかし輝くばかりの精神、というより肉の冒険を、そのまま希望と敢えて呼ぶことが、私たちに許されないだろうか。決して成就されることのない愛だからこそ、その発動はあらゆる不毛あらゆる絶望を引き受けて、なお非情なその本性を剥きだしにし、私たちの荒野に聳り立つのであろう。光と闇が触れ合う地点に可能な限り留ること。飢えの眩いほどの暴力が荒れ狂うのである。あるいは、これらすさまじい飢えの相貌は、私たちにひとつの生成の劇について語っている黙示録なのかもしれぬ。だが、とまれこの場では、希望とは未来に係る事象ではない。それは狂気の真只中での覚醒への意志に似て、限りない恐怖、壮絶な不幸と隣り合わせているのである。飢えの祝祭、とでも言うべきものなのだ。

今更でもないが危機はどこにでもある。どのような肌のうえにも突き刺さる痛みがあり、どのような土地にも悪い風が吹いてくる。激しく渦巻く歴史のなかを、静かにしずかに沈んでくる、ほとんど人間のかたちをしていない群衆がある。この悲惨も確かに慣れ過ぎた光景だ。窓際でお茶を喫んでいるだけで、そここの街路から、田畑から、工場から、斃れる者の悲鳴が飛び込んでくる。しかし感傷もない、同情もない。私たちを本当に触れ合わせるのは死だけだ、という感覚が躰のなかをゆっくりと横切っていく。美しいだけの虚妄だと嘲笑う人もいよう。彼には微笑だけを返しておくつもりだ。勿論、歴史に期待することができないわけではない。もしもそれが安易な夢でないならば、である。ただ私は、歴史から逸脱してしまい、そしてそれが故に時代を抱え込み、その先にまで歩いていってしまった数少ない詩人たちのことを考える。別段人々の間に蔓延する安逸な夢を性急に咎めようとは思わないが、そうした夢に巣食っている詩人などは笑止の限りだ。もう秋か！……は既に一季節前の話しだが、この秋(とき)はいまだ終焉してはいない。と同様に、見者(ヴオワイヤン)の詩法もいまだ廃棄されてはいないのだ。書くことは、ある面から考えれば眼差しの劇(ドラマ)である。それは容易く唄うことを峻拒し、まず見ることであろうとする。詩法の自立と、こうした見ることの要請が、どこから導かれたものであるかについては、ここでは深く問わないが、所謂近代的個我の確立と、その同時的な崩壊といった現象を後景として考えておこう。この場合の眼差しは、風景を前にした受動的な視覚ではなく、むしろ風景に挑み、それを引き裂く倫理(ロゴス)の眼差しである。見える通りに描く……この要請は近代絵画にあって、画家を一個の手から一個の偉大な眼へと解放した。例えば、セザンヌのタブローを順次追うことによって、私たちはサント・ヴィクトワール山が自然的な視覚を食い破り、もうひとつ別の視覚のなかに、姿を現わすのを見ることができるであろう。なによりも、あらゆる夢を潔く断ち切らねばならぬ。そして、なお現われる悪夢を捩伏せなければならぬ。詩は危機への予感というより、危機への意志であり、危機を糧とした悪夢への断言である。〈わたし〉という夢、文学あるいは詩という夢、言葉という夢、これらは、呪われた詩が見出し突きあたり苦闘した悪夢の痕であるが、この入り組んだ迷宮すらもが、再び安心な夢として、書物のなかでペラペラと風化されつつあるところに、私たちの一層の困難がある。肉眼による発見を奪う以上は、書物の体系は詩人にとっては敵なのだ。しかも疑いもなくこの困難は私たちが憑かれている危機の顕れであろう。形式も内容もない、いわばそれらが瞬間において相喰み一致した、生(なま)の形である詩は、恐らく思想とはここら辺りでしか通底し得ぬはずなのだ。思想の裡に内在されている固有な〈われわれ〉の論理、それは日常的世界に於ける偽制としての、あるいは神話としての〈われわれ〉の打破と止揚を目論んでいるのだが、そこでは多かれ少なかれ〈わたし〉は個として温存された儘である。詩が究極的にある種の〈われわれ〉に行き会うのだとしても、それは〈わたし〉という一出来事、世界の一事件に十全に立ち会うその果てである。わたしも成らぬ。……われわれも成らぬ。……というふたつの断言に挟れた底無しの水域がその旅の領域となる。思想がすでに終わったところからはじまり、いまだ始まらぬところでおわる、そんな旅なのだ。一篇の詩から、あたかもその水先案内人としてなんらかの思想(イデー)を浮びあがらせることができる場合でも、それは言葉を意味の方へ割るのでも、また状況の方へ連ねさせていくのでもなく、むしろ言葉の大渦巻(メールシュトレム)の中心に懸かる無の圧力の方へ、降りつめていかなければなるまい。これも危うい言い様だが、詩は、言葉の互いの奇妙な呼びかけ合い、照らし合いを許すものの裡に、自らを開かれたものとして正しく捏造するからなのだ。

眼差しは事物のうえで揺れ動いている。こちら側の不確かさに較べれば、私たちを取り巻く事物はより確固としており、しかもその確かさはすさまじいまでに暴力的ですらある。コップひとつの前で、肉体も脳髄も蒼ざめるのだ。再び絵画から引用させて貰えば、ジャスパー・ジョーンズが描く旗、標的、あるいは歯ブラシといったどこにでも転がっている物、それらが持っている生々しいリアリティーとは何だろうか。それはほとんど脅威である。画家の営み、その技術を無視することは無論できないが、このリアリティーは事物そのものへと帰すべきだと私は考える。まず彼の絵画はある切断を語っているということに注意しよう。歯ブラシは、例えば洗面台の光景、コップやタオルや壁などが形造る遠近法（パースペクティブ）のなかに置かれているのではない、それはおよそいかなる遠近法（パースペクティブ）にも属していないのだ。言い換えればそれは他のどのような物とも、そして人間ともまったく関係を持たずに在るのだ。すなわち、それはある全体性からの引用、単なる文脈（コンテクスト）の変更ではない。歯ブラシは、それが属していた人間的な機能の文脈（コンテクスト）、人間的世界を留保せずに消滅させてしまうのである。ここには例えばポロック、フォートリエにまで生き続けてきた、一個の自立したフォルムとしての絵画、という夢はもうないのだ。ポロックの絵は、それが彼の肉体の軌跡であるという点においてすぐれて人間的なものだ。だがジョーンズの歯ブラシは、歯ブラシである、という以外のいかなる解釈も、またそれに臨んでの勝手な感情をも拒絶しているように思われる。だが、それは実は歯ブラシですらない。というのは言葉もそのままでは人間的な遠近法（パースペクティブ）を離れてはいないからであり、むしろ逆にその遠近法（パースペクティブ）を支えているものだからである。全てのものは名付け得ぬものだ。この時それは、この〈歯ブラシ〉は、名前を喪い人間の秩序を脱し、全てに対して開かれながら決して何ものにも連ならず、距たりの裡で、青い孤独の裡で自ら仄かに光りはじめる〈もの〉なのである。だが、この光は同時に眼差しの光でもあるだろう。すなわち、この〈もの〉の出現も、非人間的な世界であるとは言え、ひとつの眼差しの劇にほかならない。ジョーンズの眼がこの切断を生きるのだ。そして、眼とともに人の手が還ってくる――透明なマティエールのなかから手の影が浮びあがる。ものをあらしめる人の営みが、飢えたる愛が、姿を現わすのだ。タブローはそして〈もの〉に向うひそやかな人の声となるであろう。ここにジョーンズの作品が、例えばウォーホルのキャンベル・スープとの間に劃している希望の一線がある。手の仕事への拒否と、引用の引用、模写の模写という繰り返しの方法論によって、ウォーホルは事物の人間的機能の側面を切り取り、拡大する。そのいわば巨大な記号と巨大な欲望の一致に、多大の皮肉、加えて現代的諸問題の数々を垣間見ることができようとも、私にはそのキャンベル・スープは、色褪せた易き反・絵画、人間の営みの、すなわち飢えの極度に衰弱した形式だとしか思えないのだ。日常的なものがまったく日常的な仕方で拡大され、量産される異常の常への不安はあるが、ここには断じて希望はない。ただ表面だけを撫でるあっけらかんとした絶望の、無機的な風が滞っているだけだ。まことに危機も悪夢もどこにでもある。それを再生産するだけでは詮ないことだ。動かぬ水は様々な風景を映しはするが、何を搬ぶこともないだろう。見るとは、見ることを見る以上に、まずものをあらしめることなのである。さて、詩人の唇から〈花〉という言葉が洩れるや否や、この世のいかなる花よりも香わしい花の観念が立ち昇るのは、遠いマラルメの場合であった。今、詩人が机のうえのコップを凝視め、その非常の常に、例えば〈花！〉と発語すらできぬようでは仕方あるまい。比喩などではなく、である。言葉が消えたところで言葉を発しなければならないのだ。その意志がまだ私たちを詩へ繋留しているのだ。

序文にしては多くを語り過ぎたようだ。錯乱を重ねる私の視座を粗描し、整理しておく意図であったのだが、問題は充分な収斂点を持ち得ぬ儘である。しかしこの季節にあって問題は立体的でありしかも明々白々な論理などは凡そ眉唾ものである、とこれは苦しい言い訳などではない。詩が、ということは人と世界との根源的な係りの在り様が、少なくともいま人間相互の関係の裡にだけでは収納しきれぬことは明らかである。長くなるので本論では省いたがジャコメッティが繰り返し語っている、事物の絶対的距たりとその恐怖の体験を想い起してみるといい。残された問題は、ふたりの現代詩人の仕事へ踏み込む裡に、少しずつ現われるであろう。

＊

暗い肉体に巣喰う

希望を
傷口のように開いている

（夕焼領）

彼、清水昶は希望を語る。だが、この希望はまだ暗い肉体に留っている。希望とはイカロスの飛翔への止むことない意志に近く、太陽に向って、自らを焼き滅ぼす火に向って、墜ちるように翔ぶことだ。それはのっけからあらゆる尺度を外れている。希望は、実にそれを自らの肉の裡に抱くものによっては、身を襲う激痛、希薄な大気のなかでの無限の忍耐、の余白に何気なく記されているとしても、決してあからさまに唱いあげられるようなものではあるまい。とはいえ、清水昶の肉体に深く穿たれているこの傷口の希望は、彼が自らの生の土壌を掘りさげていくときに、突如湧きあがる苦い火の水であり、安楽な夢と相姦し合っているような紛物（まぎれもの）ではない、と私には信じられる。彼の透徹な眼差しはあたら日常の濁流に押し流されることはない。むしろ日常への潔癖が故に動かぬことを意志しているようであり、それは逆に私を苛立たせるほどである。この姿勢は、彼が自らの語彙を極度に抑え、肉体の奥底から発せられないようないかなる言葉もそれを追放し、速度と錯乱とにまかせた危険な、同時に容易さに溺れやすい狂想曲（カプリッチョ）の詩法を、自らにかたく禁じている、そうしたところにまで看て取れるだろう。この肉体が紡ぎだした言葉への強い執着は、自らの生に執着せざるを得ない詩人の眼の在り様を語っている。彼の言葉は重ね合わせられ、互いに繋ぎ取められて、ある星座を、すなわち詩の核を形作っている。この詩の核を、彼は自らの生の核に能うる限り近付けようとするだろう。確かに詩の核は、生の核心そのものから発芽し、それによってはぐくまれたものだ。根源は非・根源である……？　フランスの哲学者に赴くまでもあるまい、詩の体験にとっては自明のことだ。だが清水昶の場合にあっては、生から詩へ、詩から生へという二重の引力が織りなす薄明の狭間に暗い肉体が横たわっていることに注目しなければならない。彼は闇を降りつめて再び自らの肉体と出会うのである。ともあれ清水昶もひとりの真摯な旅人である。そうであろうと願っている。そして旅であれば、彼の旅もまた不意にはじめられてしまうことになる。

長身の父よ　あなたが斃れた凶作の午後
暗い卵はつぎつぎと割れ
爛熟した百の夕陽を吹き流す空を背後
影絵のようにあざやかにわたしは
無人の夕焼領にたつ

前と同じく「夕焼領」であるが、実はこれは冒頭部ではない。第二連のはじまりである。第一連と第二連との間に潜む形にならない落差が、私に、ここから不意に詩がはじまる、と感じさせる。……そこに生きそこで死ぬ／亡き父の碑銘を染める／夕焼領／凶作の土地……と生硬なまでに厳かに始められる第一連は、詩がはじめられる領土への道行のように思われる。詩がはじめられるとは、詩人が肉声を持つことだ――とすればこの道行は、声を求めての旅なのだ。第一連では詩人はまだこの領土の外にいる。彼は、肉体のうえに差す死の翳り、また安直に持て囃される言葉の体系への懐疑、焦燥に誘われて、少しずつ、自らに穿たれた闇を降り、刻をたぐり寄せて、その夕焼領に近附く、あるいは夕焼領が詩人の眼のなかに現われてくる。そして、その終結部、

おしよせる冬におびえる眼窠の奥の
輝ける死者の荒野(あれの)にうずまくまり
蛇の目をした男が飢える

輝く死と飢え、これである。これが隠されている詩のはじまりなのだ。彼はいわば生の原像を探し求めて、飢えと死の原像に辿り着く。飢えと死とをくぐらぬようないかなる生もあるまい。だが生と死との飽くことなき確執の最中に身を置き、それに耐えるという仕事は、途方もない意志と勇気とを人に課すであろう。そしてそれ故に凶作の土地となり、荒野となるこの領土は、恐らく……飢えなきものは去れ！　死と出会わぬものは去れ！……という断言が君臨する場所なのであろう。彼の出生録に従って、中国山脈の小村を想い浮べることは無用とは言わないでも、埒もないことだ。第一連の「碑銘を染める」、また第二連の「影絵のようにあざやかに」という言葉が、詩人とこの土地との距たりの様態を充分に示唆している。この領土は、清水昶のおよその詩を遠くから引き寄

せ、詩人に奪われていた飢えと声を返す中心なのだ。飢えをしっかりと押え込んだような空白のあと、彼は〈亡き父〉に向けて叫びかける……長身の父よ……私の耳が彼の声を捕える。そしてこの領土が詩人の生と死の原像であるばかりでなく、彼と他者との係りの原像でもあることを、私は知る。彼が詩に向かう直前に彼を噴んでいた暗い空虚の一隅を理解する。彼は血の系譜に仕えているわけではない。ただ、長身の父よ！　と死者を甦えらせるところからしかはじめられぬ、と考えているだけだ。他者に何のためらいなく自らの声を届かせるためには、血の記憶を掘り返しそこに一度は遡らねばならぬとは、これはまた私たちの暗い普遍かもしれぬ。ふりかえれば私たちの間隙には夥しい死者が蹲っている。〈われわれ〉が何処にも見出せぬこの刻にあって彼は自らの血と水を追い、死と飢えの共有地に懸かる〈われわれ〉の影を、言うまでもなく憤怒と悲しみに貫かれながらも、凝視しようとしている。そしていまでは稀なことだが、彼がこの領土からわだかまりなく、〈わたし〉と語りかけてくる清冽な唱い口には、心を動かせられる。だが激烈な沈黙をくぐり抜けてきたこの声も、まだいわば未生の声なのだ。というのは詩人は、夕焼領への旅と、そこからの旅との、同時的な二重の旅を企てるのだが、この領土からいま彼が立ちすくんでいる暗い空虚へ、そして叶うならばそれを突き抜けて明るい朝へと至る道は奪われているからなのである。この連の終結部は、

あるいは

溺愛の夜深く
蛇を呑んで落ちていく妹の細い悲鳴

となっている。詩人は他者の微かな悲鳴、声にもならぬ叫びを聴いている。だが、この時落ちていくのは、また詩人自身でもあるだろう。次に続く空白は、この飢えの地、夕焼領と、いまひとつの詩の中心である〈いま、ここ〉の領土との断層なのだ。確かに第三連は再び、長身の父よ……とはじめられるのだが、それは前のように放射状に拡がっていく声ではない。むしろ彼は自らの声の木霊を浴びて飢えを反芻しはじめる。飢えが還っていく。そして彼はもう一度、この詩の冒頭……そこに生きそこで死ぬ……に通ずる些か性急な意志の姿勢をとる。……花と名誉が朽ちはてた夕焼領でわたしは……夕焼領と彼との暗い距たりが故にことさらに強く「夕焼領で」と切り出さざるを得ない彼の反語法。彼はこの隔離に留ろうとしている。いや、このふたつの領土の間の空無に息を殺して吊る下がる意志の眼こそが、彼の〈わたし〉なのだ。もし思想、と言うならばこの距たりに清水昶の思想の全口径がある、と答えたい。しかし彼の詩があらゆる抒情詩の先へ大きく踏み込えている点が、詩という旅を裏打ちしているこの意志する〈わたし〉の明晰であるとしても、それでは終わらない。ふたつの中心を持つこの楕円の旅程は閉じようとして閉じられず、更に大きく破られる。第三連のなかの急激な屈折に眼をとめよう。彼の他の多くの詩と同様、この詩でも、意志は思いがけずせりあがってくる暗い肉体の現在に、洗われてしまうように私には思われる。はじめに掲げた「夕焼領」の終結部を想い起そう。ふたつの領土を結び合せるのは、また彼の旅をそこに導くのは、実は飢えの記憶と刻の痛みに貫かれた肉体の闇であり、そうしてその傷口、彼の眼がたゆたうこの千里の径庭にいわば彼の〈われわれ〉への希望が、朝の出発への決意があることは、最早明らかであろう。しかしそれだけではない。私は、彼の楕円の旅の一切を呑みつくすように溢れてくるこの暗い肉体に、あの生の時間、生き流れる現在を読み取ってしまう。彼の詩的エポケーは、その果てに生の岩盤を撃ち抜き、輝くばかりに湧きあがる時間の暗流を見出し、極点に達するのだ。希望とは、傷口とは、肉体とは、なによりも総て未分化なるものの源であるこの何も映さぬ行方なき時の清流ではないか。ここにはもう過去の記憶も、未来への確信もない、ただ透明な現在が波のように戯れているだけだ。時へと向かう清水昶の眼を追っていけば、私たちはまた彼に固有の語法、例えば……全身の悲哀をあしゆびにあつめてわたしは……(未明の階級・最終連から)といった動詞と動詞に挟まれ接続詞のような機能を果している〈わたし〉の在り様、そして時の暗喩(メタファー)と肉体の暗喩(メタファー)との執拗な絡みあいの必然を理解することができるだろう。詳しく言えば引用した一行の「あつめて」と「わたしは」の間で眼差しの変転が行なわれているのであり、それがかろうじて詩人の意志を保つ統轄力となっているのだ、と私は考えている。ところが「夕焼領」の最終連で、はじめの四行を統轄していた〈わたし〉は最後の三行に入ると不意にその力を喪ってしまうようにみえる。私はその屈折に、〈わたし〉が斃れていくのを、無名の水の面に斃れていくのを読まないわけにはいかない。そこに死が翳を差してくるのは当然でもあるだろう。

花のない水盤に死顔を落とし
冴えざえと
わらってみた（死顔〔デスマスク〕）

無理もないことだ。ふとフッサールの挫折を想い出してみる。そしてフッサールの哲学的探求も、日々押し寄せる世界への危機の意識に支えられていたことに連なって、清水昶の優し過ぎる眼もまた危機に向って開かれていると思っている。だがこの生き流れる現在の前では、言葉も肉体もおよそなす術があるまい。ここからは出発できないのだ。彼は部屋のなか、椅子のうえに坐っている、坐り続けている。それが彼の愛のかたちだとどこかで考えていないわけではないが、この総てが未分化な流れる現在のうえに再び確固とした〈いま、ここ〉を取り戻さなければならない、という危惧が先立つ。そしてそのためには、まるごとの日常をも含んだ世界を奪い返さねばなるまい。世界からしめ出されぬうち独力で世界をしめ出す……（魂のバリケード）という花と光への鋭敏な断念。それは彼がそのいずれにも暴力と恐怖と偽装とを読んでしまうからであろうが、彼がもうひとつの荒野、もうひとつの昼間で声を発するとき、彼はあまりにも詩人であり過ぎるのだ。彼には脚がない。脚を置き忘れてきてしまったのだ。それは繰り返し現われる蛇のイメージや、例えば……足だけの老父が叫んでいる……（同右）といった詩句からだけの連想ではない。脚の欠如が、遠くまで行けぬであろう義足への怒りが、彼を飢えの領土へと旅立たせるのである。しかし老父の足では歩き出せないことも、この朝からしか出発できぬことも、また確かなのだ。そして彼が行き会った生き流れる現在こそが、〈いま、ここ〉の飢えの根拠地であり、開かれている希望の保証、「朝の道」へのはじまりなのではあるまいか。

詩集「少年」、それもほとんど一篇を読むことに終始してしまったが、清水昶にならって言えば、ここからしかはじめられないはずなのだ。だがこの章を終える前に、最近の彼の詩集「朝の道」についても少し印象を記しておこう。全体として眺めれば、この詩集では、彼はあれほどまでにとらわれていた深さから少し身をひき出し、一歩を踏み出したように感じられる。それは例えば、「少年」に於る他者の在り様が、どれほど肉体のイメージを積み重ねられていようとも、不思議なほど透明であり、触れることのできないものであったのに対して、「朝の道」に於る彼の声は、もう少し形のある肉体に向っていて、それとともにこの世界が彼の詩のなかで独特の角度で領界を拡げていると思われる点である。これは別の機会にでも詳しく検討してみなければならないだろう。

＊

地獄の浅瀬だ
地獄の浅瀬だ、濡れている、燃えあがる

薄い畳の細波だ、狂った田だ、浅い王国だ
茸がない、浅瀬にうつる川魚だ、溺れる
風景、死がはりついて浅瀬が消えぬ！

（少年列葬）

ほとんど完全犯罪である、とわけもなく呟やいている。今年の七月に発表された吉増剛造の「少年列葬」から引いたが、別段この部分に手がかりを認めてのことではない。実を言えば書きはじめる前には、世界と死と眼を中心としたスケッチを手もとに置いていたのだが、ぼんやりと彼の詩に眺め入っているうちに、これもやくたいもない文法だと思い至り、それ以降どうしても照準を合わせることができないでいる。見るためには距離が、とは自明の理だが、書くために必要な言葉の距たりを保つことが、彼の詩の前では、非常な困難にさらされるのだ。闇を手探っているように見えていないのではなく、眼が痛くなるほど見えているからなのだ。しかも彼の作品ほど多くの言葉を、多くの問いを私たちに喚起する作品もないだろう。〈自我（ぼく）〉の解体、疾走する言葉の速度、沸騰する律動、湧出する危機、眼差しの巨大な劇（ドラマ）……枚挙にいとまもないほど入口はそこここに口を開けている。しかし、それらのいずれを包囲したところで彼の行為の中心に少しでも触れることができようとは思えない。もどかしさがつのるばかりだ。恐らくこの辺りの事情が彼の作品について書かれた文章を、多く頌（オマージュ）とさせてしまうに違いない。マラルメがランボーについて述べた「人称格は力づくで居すわる」という言葉が忽然と甦る。どんな人称か、などと問うてみたところではじまらぬ。力づくで居すわるものが一人称だ、と一言でけりがついてしまうのだ。完全犯罪、とこの冒頭に書き付けてしまったが、犯人を見出すことが難しいのではなく、犯人を捕えることがなんの解決にもならないという恐るべき犯罪なのだ。これは力づくで居すわっている犯罪であり、すなわちもののように居すわっている激越な行為なのだ。事実、彼の詩を辿っている私の眼差しは、あのジョーンズの歯ブラシと、あるいは眼の前の灰皿と、出会っているときの眼差しにあまりにも近似している。そうなのだ、ものが在るということは素晴しい完全犯罪ではないか。すなわちそれはそれ以外のなにものにも、言うまでもなく言葉にも送り返されることなくそこに在るのだ。あらしめられて在るのである。ということはなにもこの詩が閉じられている、というのではなく、歯ブラシのように、灰皿のように、完全に開かれているのである。彼の詩には内部がない。私たちの眼差しを深さへと誘う闇の領域はない。無論、内部とは私たちの眼差しが孕んでいるものであり、深さは私たちの内部で触手を拡げている。ところが彼の詩はあらかじめそうした読み方を拒んでいるように思えてならない。それは茫々たる外部のうえにあらしめられたひとつのものとして在る。誤解しないで戴きたいが、私は「言葉はものである」と言いたいのではない。言葉がまさにことばとして在るということを語っているのだ。ひとつの〈灰皿〉のように彼のことばは私の言葉を打擲する！と言い換えてもよい。すなわち、暴力なのである。

やがてゆらめきながら、一種の重量感を明確にあらわしつつ昇ってくる太陽、それを切り裂くように感じたのは私の眼であった。そして光という言葉であった。「昇る朝陽」という言葉であった。その時の私は……言葉であった。私は言葉だ。私の内部を貫く時間が、言葉の流れが、ときに整った文章として、一種のあらかじめ定められた旋律となっているのが判る。「昇る朝陽をみつめて茫然としている私」と意識するのだ。内なる時間を追跡している間に陽は幾分か昇ってしまう。太陽をみていながら実は太陽を見ていない瞬間が存在する。知覚、感覚しえない亀裂に似た一瞬の暗闇が存在した。なぜもっともっと茫然自失、ただ眼のみ存在しないのか。

「1969・1・16　網走」と日付けされた「航海日誌」から引用した。人が自らを統覚していくのはなによりも言葉によって、様々に変形するその文法によって、であることは今ではまったく明らかなことだ。太陽をみていながら実はみていない瞬間とは、言葉の流れの時であり、強いて言えば内部とは言葉、深さとは言葉の可能性なのだ。そして私たちの眼は言葉に飼い慣され、言葉と番(つが)って安全な部屋を造っている。そこで吉増剛造が行うのは、言葉であるわたしと眼であるわたしを出来る限り引き離すこと、言葉の可能性そのものを闇から白日のもとへ引きずり出すこと、そうしてこの安全な部屋に喪われた出会いの恐怖、生成の暴力をもたらすことなのだ。部屋の床も壁も天井も吹き飛ぶであろう。言葉と眼が激突する。ものと言葉の狭間で眼が燃えあがる。最早距たりをゆっくりと横切っていく眼差しなどはない。ただ火を吹く眼があるだけだ。この時、言葉の可能性そのものが全き不可能性として立ち塞がることになる。茫々たる、どこまでも茫々たる外部。ことばは眼を切り裂こうとし、眼はことばを切り裂こうとする。ことばはものを名付けようとし、ものは言葉を焼き尽そうとする。この一瞬に世界というわたし、わたしという世界が一挙に生成する。彼の詩はこの生成をことばの側から生きようとしているのだ。何故ことばの側からなのか？　思い切って言えば、人はことばであるからだ。人間にとって名付けるという暴力がどれほど根源的であるか、『悲しき熱帯』や他の書物を援用することもあるまい。人はそうやって距たりを生き、恐怖と危機を封じ込めてきたのだ。〈星はキーだ！　星はキーだ！〉………（古代天文台）と彼は書く。だが、これはまだ名付けてしまった言葉であるような気がする。それは括弧に囲まれているとはいえ、既に充分な文法だ。ところがこの後の「魔の一千行」からはこの括弧の語法は消え、主語を持たない切り立つような断定が急に頻繁に現われる。ことばがことばだけで断定の運動を繰り返すのだ。ここにはことばの力だけがある、と言いたくなる。

薄い湖水、いつまでつづく浅い湖水だ
呪文の水だ、この地獄の浅瀬
地中の幻の湖水だ、この地獄の浅瀬
水が絶叫する、薄い湖水だ、浅い湖水だ
溺れる浅い湖水、溺れる薄い湖水だ

風が濡れる浅い水音だ、呪文の浅い
薄く、浅く、燃える、地獄の浅瀬だ

多くの詩にみられるように言葉が自らの内圧でひそかに余白へと浸透していく、といった内在的な運動はここにはない。ことばが完璧な余白の荒野に、樹々のように突き立って在る。しかもことばを唇で追っていけば大きなうねりが吐き出されてくる。そして詩を書き写していると、引用を止めるのが困難なほどペンが走りだす。だがそれにもかかわらず、ふと私が覚えて戦慄してしまう異様な静けさが漂っているのは何故か？　「古代天文台」までに荒れ狂っていた〈白〉の嵐は、カンディンスキーがその色について、無限の可能性を孕んだ巨大な沈黙、と定義していたことを想い出させたが、この静謐はもっと黒々としている。黒についてはカンディンスキーは、可能性のない虚無、と語っている。すなわち、死だ。ことばの前で、ことばに挑みかかるように聳え立つ巨大な沈黙の世界は、激しい恐怖を呼びさますとはいえ、あらゆる豊饒さを隠している。それは……太初に言ありき……という輝ける一行を準備しているのだ。だが、ことばが自らの絶対的な不可能性にさらされながらも世界を喰い破り、あるいは世界を巨大なひとつの声に変えてしまったとき、あらゆる劇（ドラマ）が終焉するだろう。ひどくおぼつかない言い方だ。私が先程……人はことばである……と語ったときに、押し潰され隠されてしまったものがある。例えば、身体、そして言葉。身体はなによりもこの世界に属し、世界とともにある、とこれは言うまでもない。また、私たちは実は、全面的な言葉の放棄か、または意志による意図的なその変形によってしか、ことばへと励起され得ない。言い換えれば、言葉の変形による以外、始原の暴力の裡に輝くことばによる生成を演ずることができないのだ。とすれば、ことばであろうとする以上は、常に言葉の全解体の危機と、またことばを通じてもたらされる死の危機と、それがどのようなかたちであれ、直面していることになる。こうして詩は不断に死と狂気に襲われているのだ。いずれの場合にせよ、非日常への冒険は、強靭な日常によって足元をすくわれるのだ。再び、言葉と眼に還ってきてしまったようだが、果たして、まるで世界を女としたように、日常の真只中の非常を生きようと意志してきた吉増剛造は、黒い沈黙へと渡りかけているのだろうか。

汝の影は消えうせり、異様な紫色をおびるもの
ことば
地獄だ、地獄だ、地獄だ、地獄
血の流れている精神
やがて無心の歌が流れだす
やがて無心の歌を歌いだす
ああ
少年列葬

幾度か失速しかかり低迷し再び頂点へと駆けのぼる、という具合に進んできた「少年列葬」の最終部である。最後の四行がそれまでの部分と、どのような段差を持っているかに注目しなければなるまい。そこまで一気に進んできた私は、ここで突然流れから放り出されてしまった。そして、ああ、少年列葬……ああ　いまだ文学！　と図らずも溜息まじりに呟やいてしまったのだ。自分の言葉が開くであろう地平は全身で予感しているが、私は、いまは断じてこれだけしか言えぬのだ。「考えることの不能な中心」（吉増・中心志向）の廻りを舌足らずに旋回しただけなのかもしれぬ。最後に彼もどこかで引用していたが般若心経の末尾を書き付けよう。

掲帝　掲帝　般羅掲帝　般羅僧掲帝　菩提僧莎訶

（往ける者よ、往ける者よ、彼岸に往ける者よ、彼岸に全く往ける者よ、さとりよ、幸あれ。）

（岩波文庫版による）

回帰する原点――〈あとがき〉にかえて

ことばは戻ってくる。言葉は回帰してくる。
そして、きっと存在もまた。

*

多少なりとも長く生きていると、人の生には、思いがけないことが起こる。いや、生は、つねに思いがけないことの連続ではあるのだが、かつて遠い昔に過ぎ去ったはずの「もの」が、突然、「忘却の淵」から甦ってきたかのように、〈いま〉の光のなかに戻ってくるということがある。
ここに一冊の書物として刊行されることになった、なんと四十年以上も前に、わたしが書いたテクストとあらためて向かいあったときに、わたしが感じる一種戸惑いにも似た不思議な思いを本書末尾に書きとめておかないわけにはいかない。

一九七五年だから正確に言えば、四十六年前、わたしが二十五歳のときに書いた修士論文を出版公表することへの「言い訳」めいた「後口上」ということになるのかもしれないが、これを、いま、出版することの意味を、著者自身がどのように考えているのか、を語ることは、本書を手にとってくださる読者に対しての最低限の「礼」かもしれないと思う。

＊

本書の刊行に至る流れの出発点は、なによりも昨年（二〇二〇年）、水声社から二巻本で刊行させていただいた「煉獄のフランス現代哲学」（『《人間》への過激な問いかけ』、『死の秘密、《希望の火》』であったことはまちがいない。これは、わたし自身のおよそ二十代から五十代にいたる「フランス現代哲学」との出逢いのドキュメントを通して、二十一世紀のいまでは「忘却の淵」に墜ちて行くとも思えるこの時代の「哲学」の輝きを思い起こし、そこで行われていたラディカルな《人間への問いかけ》を受け継ごうとするわたしの意志を再確認するものであったのだが、その冒頭、一九七五年に創刊された雑誌『エピステーメー』の創刊号に寄せたわたしのテクスト「イマージュI――記号とその影」（本書「補遺」に収録）の一節を引用しつつ、そこに書かれていた「垂直的な火」という言葉を取り上げて、次のように述べた。

「垂直的な火」という言葉が、すでに、ここに書きとめられていることに、いまさらのように
わたしは驚くのだが、このテクストは、「フランス現代哲学との遭遇」へのわたしなりの「マニフェスト」だったのではないか、と思われる。ちなみに、当時わたしは、ボードレールの散文詩を主題にした修士論文「存在の冒険」を執筆中であったが、『エピステーメー』第二号の十一月号には、特集の「仮面」に寄せて同じ形式で「イマージュⅡ——仮面とその影」を、さらに翌年の一月号には「イマージュⅢ——鏡とその影」を書いている。すなわち、「記号」・「仮面」・「鏡」の「イマージュ」三部作（……）こそ、わたしの「思考の冒険」の「スタート・ライン」であったのだ。

すなわち、強いて言うならば、一九七五年の「イマージュ」三部作と修士論文「存在の冒険」が、わたしの「思考の冒険」の「スタート・ライン」であったと、この時あらためて認識したということ。おそらく、これが影響していたのだろう、同じ二〇二〇年夏の終りに、かつて同僚だった中島隆博さんとの対談で、幼年時代からのわたしの生の歩みを振り返ることになったときに、またしても「存在の冒険」という言葉が回帰してきた。

中島　そういう意味で、小林さんはアクチュアリティを失わないですよね。
小林　「存在の冒険」だからね。最近になってよくこんなのを修士論文のタイトルにして、そ

れを認めてくれたんだなあ、とつくづく思ったりします。

中島　いずれ出版されないんですか。

小林　しないでしょう。でも、フランスで書いた博士論文は絶対出版したくないけれども、修士論文はわからないなあ。ボードレールの詩句を引用しながら、「心満ち足りて／わたしは丘に登った」だったか、そういう「満ち足りた心」で終っています。わたしの詩的冒険の原点。マニフェスト。それを、世界的な大家のボードレール学者である阿部良雄先生に対してぶつけてみたんですね。チャレンジですね。しかも、「悪の華」は避けて、散文詩だけを扱って。散文詩の登場そのものを論じたわけですから。

ここで言われているように、わたし自身は「存在の冒険」を出版する気持ちが強かったわけではない。そもそも修士論文の審査会の後、何十年も、まったく、一度たりとも、読み返したりしていなかった。実際、この引用でも明らかなように、わたしは、そこでは散文詩の『パリの憂愁』だけを扱ったと思いこんでいた。しかも、ヴァルター・ベンヤミンの批評を手がかりに分析したのだと、引用に続く箇所でもはっきり言明しているのだが、じつはまったくそうではなかった。実際、ベンヤミンの名前は、第二章で二箇所ほど短い引用がある以外には出てこない。この論文を書く過程でベンヤミンの著作と出逢い、それがその後のわたしの「思考の冒険」にとって決定的な役割を果したことは確かだと思われるが、この段階では、そうではなかった。わたしは、わたし自身の過去を間違って記憶していたのである。
その対談においては、わたしには、論文そのものではなく、「存在の冒険」という言葉が重要だった。「存在の冒険」――それこそ、七十年に及ぶわたしのこの貧しい生にとっての「格律」だったのではないか、と思えたからである。
だから、中島隆博さんとの対談が文字起こしされて、「あとがき」を書かなければならなくなったときに、わたしは次のように書いた。

わたしは、いささかわたしの「生」の歩みを語った。だが、その「生」は特別な輝きに満ちたものでもなければ、なにか大きな「業績」と呼ばれるような仕事をなした「生」でもない。ここで語ったように、ただ自分自身のある種の「格律（Maxim）」にできる限り忠実に生きようとしたというだけである。ただ、この対談を通じて、思いがけず、その「格律」とは、わたしが二十五歳のときに書いた修士論文のタイトルであった「存在の冒険」であったのかもしれないと思わされたのが、わたしにとってはとてもスリリングであった（それで慌てて修士論文を探したのだが、一年前青山学院の研究室の書棚にはちゃんとあったのに、いま自宅の書棚には見つからない。註の冊子もレジュメも残っているのに本体だけは消えてしまった！　ああ！）

じつは、その同じ頃、「煉獄のフランス現代哲学」二巻をつくってくれた水声社の編集者・村山修亮さんから「存在の冒険」を読んでみたいと言われて、自宅の書棚を探してみたが、右に述べたように註などの冊子はあるのに、本体がない。研究室を整理するときに、間違って捨ててしまったのではないか、と茫然。だが、なくなってみると、かえって執着が起こると言うべきか。それならば、修士論文を提出した東京大学大学院（当時は人文科学研究科だったが現在では総合文化研究科の）「比較文学比較文化」研究室の保存庫には、ひょっとしたら残っているかもしれないという一縷の望みを、昔の教え子のひとり、東京大学東アジア藝文書院の特任助教・髙山花子さんに託した。髙山さんはすぐに、「比較文学比較文化」研究室に赴き、やはり！　そこに保存されていた四十数年前のわが論文を借り出してコピーしてくれた。わたしはそのコピー一束をそのまま村山さんに手渡したのだった。

繰り返しておくが、わたしは村山さんに「これを刊行したい」と言って渡したのではない。判断は、かれに預けられていた。すると、しばらくして、かれから「感動しました。出版しましょう」という言葉が届けられた。論文は、若い編集者の「審査」に通ったらしい。すなわち、それを現在の読者、四十六年後の読者に届ける価値があると判断されたということになる。

修士論文は、ほとんどの場合、それを読むのは数名の審査員の教授だけである。一言で言えば、提出者が、以後、研究者として独り立ちできる資質があるかどうかが判定される関門である。博士論文の場合は、公開に値するオリジナルな学術成果が要求されるが、修士論文は、なによりもそれを書く人間が、自分がどういう研究者であるか、あろうとするのか、を示すチャレンジである。だから、わたしは、長年、論文指導を行ってきたが、学生たちにはつねに、「修士論文は、君がどのような存在であるかを、他者にも自分自身にも、はじめて明らかにする構築物である。だから、ひとたび書かれると、それは、君の人生にずっと随伴する」と言っていた。その言葉の通りに、わたしの修士論文も、「忘却の淵」に沈んだまま、しかしわたしに随伴し続け、それがついに、――これこそが決定的なこと！――それを受けとめる、わたしではない、もうひとりの他者、現代の若い他者が現れることによって、「淵」から浮かびあがってこようとしているのだ。

こうなっては、わたしもついに、それをきちんと読み返さないわけにはいかない。これまで四十六年間――無意識の抵抗だったと思われるが――手にとることはあっても、けっして本気で再読することはなかった「存在の冒険」をわたしは読んだ。二十五歳のわたしと向かい合った。そして、驚いた。

それは、「研究」というものではなかった。薄々わかっていたこととはいえ、二十五歳のわたしが、ここまで過激に、ここまで傲岸に、「研究」というアプローチを捨て、封じて、ただひたすらボードレールという存在、詩人としてあるその「存在」を読み、記述することに賭けていたとは！「詩人である」ということは「存在の冒険」を生きることであり、ボードレールが生きた、モデルニテ（現代性）という「乏しき時代」の激しい、極限的な「存在の冒険」の諸相を、わたし自身の言葉で、描き出してみる――それこそ、わたしがそこで選んだ「冒険」にほかならなかった。つまり、エピグラフのハイデガーの引用文がはっきり示しているように、これは、ハイデガーが、ヘルダーリンとリルケの詩を通して論じた「乏しき時代」の「存在の運命」の記述に対抗して、同じことを、ボードレールの詩を通してやろうとした哲学的なエッセイ（試論）なのである。しかも、その背景には、メルロ＝ポンティの現象学とジャック・デリダの現象学批判を「統合」ではないにしても「共存」させようとする哲学的な野望が透けて見える。いずれにしてもそれは、まったくいわゆる「ボードレール研究」というカテゴリーには属さない。

実際、わたしの指導教官は、世界的なボードレール研究者であった阿部良雄先生であったが、その阿部先生の研究をまったく引用していない。その他のボードレール研究についても、読んでいなかったわけではないのに、言及は皆無。なんという非礼！　よくもまあ、ここまでやるか！　わたしが指導教官だったら、審査の席で敢えて一悶着を仕掛けるところだと思ったりもする。だが、きっと阿部先生は、この論が、ボードレールについての「研究」をしようとしているものではないことをわかって許容してくださったにちがいない（それとは別に、後日、研究室にわたしを呼びつけて「君は歴史がわかっていない」と厳しく説諭してくださった。それがある意味では、その後長いあいだ、わたしにとってポジティヴな「トラウマ」、いつか返すべき「負債」ともなったのだった）。だが、もしそれが「研究」ではなかったとしたら、いったい何であったのか。研究者になるための関門を、「研究」をせずに、わたしは何によって突破したのか。

当然、当時そのことをはっきり意識していたわけではないのだが、その答えは、「批評（critique）」の一語に尽きると思う。もちろん、同時代のさまざまな作品に対する「評」という意味ではなく、存在の本質的にクリティカル（危機＝批評的）な様相、そのエッジ（境界）を、こちらもそのつど冒険的に、探査すること。それこそ、その後、現在に至るまで、わたしのすべてのエクリチュールを貫く根本的な「態度」にほかならない。その「態度」こそ、「存在の冒険」と題された修士論文のエクリチュールを通して、わたしのなかに確立されたものなのだ。

そして、だからこそ、そのクリティカルな「思考の冒険」は、時間を超えて、——乏しい、貧しいものではあるが——意味をもつとわたしは思いたい。それが「研究」であったならば、——ボードレール研究の現況をわたしは知らないのだが——四十六年も昔の「研究」を、いま、公表することには意味がないにちがいない。だが、右に述べたような意味において、真正の「批評」であったならば、それをいまの時代の読者にそっと差し出すことはゆるされるかもしれない。いや、おそらくかつて一度も、そのようなものとして読まれたことのない、この過激な批評的テクストに、一度は、数少ないとはいえ、読者という他者の眼差しが注がれてもいいのではないか。そう、存在を追補するのは、つねに、他者、思いがけない未知の他者にほかならないのだから。（そして、本書の出版が決まった後、秋のことだが、行方不明になっていた修士論文が、自宅の二重、三重になった書棚の片隅に、ひっそりと隠れているのが見つかった。それは、確かに「忘却の淵」からわたしの手もとに戻ってきたのであった。）

＊

本書は、わたしが一九七五年に東京大学大学院「比較文学比較文化」専攻に提出した修士論文「存在の冒険——ボードレールについて」である。ただし、念のために断っておくが、論文の提出者名は、わたしの旧名である「小林晴夫」となっている（一九八二年に戸籍上の名を「晴夫」から「康夫」に改名した）。

本文は、もちろん手書きで、——舞台裏を明かせば——零細印刷屋を営んでいたわが父親に頼んで作ってもらった、三十字十四行の特製の原稿用紙二百三十四頁に書かれている。読みにくいその原稿を、村山修亮さんが、音声文字起こしのシステムを使って原稿化してくださった。たいへんな労力をおかけした。深い感謝をここに記しておく。

現時点から読み返せば、突進するエクリチュールであり、いまなら表現を変えたいところがないわけではないが、基本的にテクストは書かれた「時」のものである以上、括弧の使い方や、仏語表記などで若干整えたところもあるが、原則的に無修正である。また、それぞれの章にタイトルがないのが気になるが、これも「後付け」はなしで、そのままにしてある。

＊

すでに述べたように、この「存在の冒険」が、わたしにとっての批評的営為の「スタート・ライン」を指示するものであることを省みて、その周辺のいくつかのテクストを「補遺」として巻末にまとめさせていただいた。

・「イマージュ」三部作。すでに述べたように、「存在の冒険」とほぼ同じ時期に雑誌『エピステーメー』に寄せたもの。「イマージュ」、「仮面」、「鏡」という与えられた主題に対して、イマージュ的存在論の立場から応答したものである。なお、雑誌紙面上では、下段の引用文のフォントが異様に大きく、本文はまるでその註のように小さな字で印刷されていたが、そうした当時の「仕掛け」は反映させていない。

・「劇（ドラマ）――読むことについて」（一九七二年）。雑誌『美術手帖』の「みづゑ」八〇〇号記念芸術評論に応募して「佳作」となったテクスト。「批評」の根底にある「読む」ことについての論だが、わたし自身にとっては、わたしの「師」であった宮川淳先生が審査員のひとりだったことから、あくまでも先生に提出するつもりで書いたレポートでもあった。先生とわたしとの関係については、最近、水声社から刊行された『宮川淳とともに』を参照のこと。

・「希望の詩学　清水昶と吉増剛造」（一九七二年）。雑誌『詩と思想』の「戦後詩の思想的再検討」特集に寄せたテクスト。「劇（ドラマ）」と並んでわたしの「批評」的行為の原型を指し示すエクリチュールである。

ボードレール生誕二〇〇年にあたる二〇二一年十一月二十四日

初出一覧

「存在の冒険——ボードレールについて」東京大学大学院「比較文学比較文化」専攻修士論文（一九七五年度）。

＊

「イマージュI——記号とその影」『エピステーメー』一九七五年一〇月号所収。
「イマージュII——仮面とその影」『エピステーメー』一九七五年一一月号所収。
「イマージュIII——鏡とその影」『エピステーメー』一九七六年一月号所収。
「劇（ドラマ）——読むことについて」『美術手帖』一九七二年一〇月号所収。
「希望の詩学」『詩と思想』一九七二年一二月号所収。

著者について――

小林康夫（こばやしやすお）　一九五〇年、東京都に生まれる。東京大学名誉教授。哲学者。主な著書には、『不可能なものへの権利』（書肆風の薔薇／水声社、一九八八年）、『表象の光学』（未来社、二〇〇三年）、『君自身の哲学へ』（大和書房、二〇一五年）、『絵画の冒険』（東京大学出版会、二〇一六年）、共編著には、『知の技法』（東京大学出版会、一九九四年）、主な訳書には、ジャン＝フランソワ・リオタール『ポスト・モダンの条件』（水声社、一九八九年）などがある。

装幀――齋藤久美子

存在の冒険――ボードレールの詩学

二〇二一年一二月二五日第一版第一刷印刷　二〇二二年一月五日第一版第一刷発行

著者――小林康夫

発行者――鈴木宏

発行所――株式会社水声社

東京都文京区小石川二―七―五　郵便番号一一二―〇〇〇二

電話〇三―三八一八―六〇四〇　FAX〇三―三八一八―二四三七

［編集部］横浜市港北区新吉田東一―七七―一七　郵便番号二二三―〇〇五八

電話〇四五―七一七―五三五六　FAX〇四五―七一七―五三五七

郵便振替〇〇一八〇―四―六五四一〇〇

URL : http://www.suiseisha.net

印刷・製本――モリモト印刷

ISBN978-4-8010-0616-4